프로방스에서는 멈춰도 괜찮아

프로방스에서는 멈춰도 괜찮아

남프랑스 30개 마을 사계절 포토에세이

김범 사진·글

BnCworld

PROLOGUE.

프로방스*Provence*로 떠나자

프로방스, 빛바랜 감성을 깨우다

고단한 삶의 여정에서 우리는 얼마나 자주 가슴 벅찬 순간을 마주할까? 어린 시절, 세상의 모든 것이 신비롭고 흥미롭게 느껴져 작은 일에도 쉽게 가슴이 두근거렸다. 그러나 세월이 흐를수록 설렘의 순간은 점점 희미해지고, 삶에 대한 열정은 차츰 무뎌져 갔다.

나는 척박한 땅과 거친 풍경을 주로 촬영해 오던 사진작가였다. 하지만 어느 날, 우연히 들른 프로방스의 작은 마을에서 모든 것이 달라졌다. 그곳에서 마주한 순간들은 내 마음 깊은 곳에 잠들어 있던 빛바랜 감성을 깨웠다. 프로방스의 시간은 마치 한 편의 시처럼 나에게 다가왔고, 그 따스하고 고요한 아름다움에 나는 이내 프로방스와 깊이 사랑에 빠졌다.

내 삶을 채우는 운명적인 사랑. 이 포토에세이는 단순한 사진 작업을 넘어, 내가 삶에서 추구하는 진정한 사랑에 대한 찬사이기도 하다. 사진 한 장 한 장에 담긴 이야기는 내 마음 깊숙이 자리한 사랑과 열정을 표현하고 있다. 프로방스의 색채와 감성은 나의 영혼을 두드리며, 그 속에서 진정한 나를 발견한다. 이곳에서 느낀 모든 순간은 내 인생의 한 페이지를 장식하며, 나는 그 속에서 꿈을 꾸고, 사랑을 느끼며, 나만의 길을 만들어 간다.

프로방스, 예술혼이 깃든 곳

프로방스는 수많은 예술가들이 사랑하고 영감을 얻은 특별한 땅이다. 이곳은 그들이 독창적인 시각으로 세상을 재구성하며 예술혼을 불태운 삶의 무대였다. 보랏빛 라벤더밭과 햇살 가득한 언덕, 고풍스러운 마을과 황홀한 저녁 무드까지. 프로방스의 아름다움은 예술가들의 특별한 시선을 통해 더욱 빛을 발했다. 그들이 사랑한 프로방스는 나에게도 매혹적인 뮤즈가 되어, 다채로운 색감과 로맨틱한 감성으로 내 삶을 한층 더 풍요롭게 물들였다.

지중해 연안 카뉴쉬르메르*Cagnes-sur-Mer*에서 피에르-오귀스트 르누아르*Pierre-Auguste Renoir*는 부드럽고 생동감 넘치는 풍경과 일상을 화폭에 담았다. 그의 붓끝에서 느껴지는 밝고 경쾌한 색채는 오늘날에도 생생하게 살아 숨쉰다. 빈센트 반 고흐*Vincent van Gogh*는 아를*Arles*과 생레미드프로방스*Saint-Rémy-de-Provence*의 황홀한 풍광에 영혼을 빼앗겨, 강렬한 색채와 대담한 붓질로 자연의 경이로움에 인간의 내면을 표현했다.

고향 엑상프로방스*Aix-en-Provence*의 자연을 단순한 형태와 색면으로 풀어내어 후대 입체주의*Cubism* 탄생에 영향을 미친 폴 세잔*Paul Cézanne*. 그의 예술적 시각은 우리에게 새로운 차원의 아름다움을 선사한다. 앙티브*Antibes*, 발로리스*Vallauris*, 무쟁*Mougins*에서 풍부한 색채에 사로잡혀 끊임없이 실험하며 창의성을 불태운 천재 화가 파블로 피카소*Pablo Picasso*. 그의 작품들은 남프랑스의 빛과 색을 영원히 간직하고 있다.

니스Nice의 찬란하고 강렬한 햇살, 화려한 색채, 그리고 매혹적인 풍경을 보색의 대담한 조화로 그려낸 야수주의 Fauvism 창시자 앙리 마티스Henri Matisse. 그의 예술적 감각은 이곳의 풍경과 완벽하게 어우러진다. 생폴드방스 Saint-Paul-de-Vence의 낭만적인 시간 속에서 사랑과 환상, 그리고 시적인 이미지를 아름답게 담아낸 마르크 샤갈Marc Chagall. 그의 화폭에는 아내를 향한 사랑과 그리움이 고스란히 녹아 있다.

루르마랭Lourmarin의 고요한 마을에서 작가로서의 삶을 성찰하며, 인간 존재의 부조리를 담대한 글로 승화시킨 피에누아르Pied-Noir 철학자 알베르 카뮈Albert Camus. 그의 철학적 사유는 이곳의 평온 속에서 더욱 깊어진다. 고향 마노스크Manosque의 독특한 풍경과 문화를 생생하게 묘사하며, 자연을 인간과 함께 살아가는 인격체로 그려낸 소설가 장 지오노Jean Giono. 그의 문학적 시선은 이곳의 자연을 더욱 특별하고 생동감 있게 만든다.

프로방스, 사계절의 빛과 색

사계절 동안 남프랑스의 소도시 30여 곳을 사진에 담으며, 계절마다 소도시가 지닌 특별한 매력을 새롭게 발견할 수 있었다. 봄에는 화사한 들꽃과 촉촉한 봄비가 대지를 살며시 깨우고, 여름에는 보랏빛 라벤더밭이 푸른 하늘과 어우러져 황홀하게 빛났다. 가을에는 붉게 물든 오솔길이 나를 깊은 사색으로 이끌었으며, 겨울에는 고요한 마을에 내려앉은 온화한 햇살이 쓸쓸한 마음을 포근하게 감싸 주었다.

서로 다른 색감으로 물든 사계절의 풍경은 매 순간 새로운 예술적 영감을 불어넣었다. 작은 마을의 돌담과 골목길, 전통 시장과 오래된 성당, 그리고 일상을 살아가는 사람들까지. 이 모든 요소가 어우러져 프로방스 특유의 독특한 매력을 만들어 낸다. 이는 바로 예술가들이 작품에 담고자 했던 프로방스의 본질이다.

나는 프로방스에서 예술가의 시선으로 세상을 바라보며, 사계절이 주는 아름다움에 매료되었다. 이제, 프로방스가 전하는 이야기 속으로 함께 떠나 보자. 이곳에서 우리는 예술가들의 영혼과 만날 수 있다. 그들이 사랑한 풍경을 바라보며, 그들이 느꼈던 감동을 함께 경험해 보자. 프로방스는 그들의 예술적 유산과 함께 영원히 빛날 것이다.

추신 *Postscript*

보랏빛 라벤더 물결로 뒤덮인 프로방스의 여름,
작은 마을 발랑솔*Valensole*. 그 이름을 따와
북한강 작은 땅에 카페발랑솔*Cafe Valensole*을 만든다.
이곳에서 나는 프로방스의 색채와 감성을 담아
소소한 카페와 아트 갤러리를 운영하려 한다.
시간이 깊어질수록 내가 선택한 아름다움과
내가 만들어 갈 공간이 어떤 빛을 발하게 될지,
그 모습이 나조차도 궁금해진다.

CONTENTS

니스 *Nice* ——————— 망통 *Menton* ——————— 모나코 *Monaco* ——————— 에즈 *Eze* ——————— 빌프랑슈쉬르메르 *Villefranche-sur-Mer* ———————

PRINTEMPS 1
EN PROVENCE

프로방스의 봄
망통에서 앙티브까지

'프로방스*Provence*'의 유래는 로마 시대로 거슬러 올라간다. 이 지역은 로마 제국 초기 식민지 중 하나로, 이름은 '속주'를 뜻하는 라틴어 '프로빈시아*Provincia*'에서 비롯되었다. 로마 시대의 프로방스는 오늘날 프랑스 최상위 행정구역인 프로방스알프코트다쥐르*Provence-Alpes-Côte d'Azur* 지역뿐만 아니라 프랑스 남동부와 이탈리아 북서부 일부를 포함한다. 특히 망통에서 툴롱까지 이어지는 남프랑스의 해안, 코트다쥐르*Côte d'Azur*는 청록빛 바다와 찬란한 햇살이 어우러져 지중해의 보석으로 불릴 만큼 아름답다.

레몬과 오렌지 나무들이 따스하게 맞아 주는 망통*Menton*을 지나, 고급스럽고 화려한 모나코*Monaco* 해안선을 따라 니스를 향해 간다. 길을 따라 고요히 자리 잡은 중세 마을 에즈*Èze*가 모습을 드러낸다. 마을 언덕에서 내려다보는 에즈의 바다는 숨이 멎을 듯한 감동을 안겨 준다.

니스*Nice*에 다다르면 활기찬 해변과 세월이 깃든 구시가지가 기다리고 있다. 프롬나드데장글레*Promenade des Anglais*를 따라 천천히 걸어가면, 시계 바늘이 멈춘 듯 잔잔한 풍경이 펼쳐진다. 그리고 마침내 도착하는 앙티브*Antibes*는 예술가들이 머물며 사랑했던 도시로, 요트가 떠 있는 항구와 고풍스러운 거리에 마음을 빼앗긴다.

화려한 불빛 속에 영화제가 열리는 칸*Cannes*에서는 전 세계 영화 팬들과 축제의 기쁨을 만끽할 수 있다. 유명 인사들의 휴양지로 널리 알려진 생트로페*Saint-Tropez*는 한적한 해변과 활기찬 밤 거리가 조화를 이루고 있다. 그리고 코트다쥐르의 서쪽 끝, 툴롱*Toulon*에 도착하면 역사적인 항구 도시의 매력 속에 빠져든다.

니스(*Nice*), 니스의 전경

니스(*Nice*), #ILoveNICE

코트다쥐르 해안을 따라 망통에서 앙티브로 이어지는 프로방스의 봄 여행길. 지중해의 따스한 봄 햇살을 받으니 마음 속 깊이 설렘이 느껴진다. 지중해의 파도 소리와 꽃내음 가득한 산들바람을 온몸에 맞으며, 프로방스의 봄이 전하는 향기로운 세상 속으로 들어간다. '프로방스의 봄', 그 찬란한 빛과 색을 담기 위한 여정을 니스에서 시작한다.

"어느 봄날, 황혼이 붉게 물든 저녁. 나의 발걸음은 마침내 그곳에 닿았다."

PROVENCE   *Nice*

01. 니스에서 프로방스의 봄이
시작되다

Nice

니스(*Nice*), 도착

니스*Nice*의 올드타운, 비에이오 빌르*Vieille Ville*는 바다로 이어지는 고즈넉한 풍경과 역사적인 건축물이 어우러져 지중해의 정취를 흠뻑 느낄 수 있다. 붉은 지붕 집들이 끝없이 이어지고, 다양한 모양의 종탑들이 하늘을 향해 우뚝 솟아 있다.

파스텔블루로 물든 지중해와 연푸른 하늘에 떠 있는 하얀 구름, 그리고 도시를 감싸안은 짙푸른 산맥이 어우러져 니스의 풍경을 한층 더 아름답게 완성한다. 생트레파라트 대성당*Cathédrale Sainte-Réparate*의 종소리가 들려온다. 맑고 깊은 울림으로 비에이오 빌르 골목길을 가득 채운다.

니스(*Nice*), 비에이으 빌르

니스(Nice), 골목길

니스(*Nice*), 행인

오래된 건물들 사이로 스며드는 봄 햇살에 비에이으 빌르 골목길이 아름답게 물든다. 니스의 행인이 되어, 올드타운의 골목길을 천천히 걷는다. 자갈길의 거친 촉감이 발끝에 전해진다. 낯선 곳을 탐험하는 풋풋한 설렘에 발걸음이 가볍다. 소박한 지중해 레스토랑과 프랑스 전통 비스트로*Bistro*가 시선을 사로잡는다. 신선한 해산물의 바다 내음과 갓 구운 소고기의 스모키 향이 공기 중에 퍼져 코끝을 자극한다.

니스(Nice), 마세나 광장

마세나 광장*Place Masséna*은 짙은 붉은색 건물들로 둘러싸여 있어 독특한 매력을 발산한다. 이탈리아 건축의 영향을 받아 오커*Ochre* 컬러 석재를 많이 사용한 덕분이다. 붉은빛 마세나 광장은 짙푸른 지중해와 새파란 하늘, 그리고 녹음이 우거진 나무숲과 어우러져 아름답고 선명한 풍경을 만들어 낸다. 강렬한 색채의 대비는 마치 앙리 마티스*Henri Matisse*의 그림을 보는 듯한 감동과 생동감을 전한다.

1917년, 심한 기관지염을 앓던 마티스는 의사의 권유로 따뜻한 기후를 찾아 니스로 향했다. 니스에서 마주한 밝고 선명한 햇살과 지중해 도시의 아름답고 풍부한 색감은 그에게 깊은 감명을 주었다. 그는 빛이 공간과 대상에 미치는 영향을 끊임없이 탐구하며, 작품 속 색채를 더욱 밝고 강렬하게 표현해 나갔다.

색채의 마술사로 불리는 마티스는 강렬하면서도 절묘한 색채 대비로 시각적인 흥분을 불러일으키며, 캔버스에 깊은 감정과 생명력을 불어넣었다. 그의 작품에는 니스의 밝은 빛과 다채로운 색감, 그리고 이곳에서 느낀 평온함이 고스란히 담겨 있다.

마세나 광장을 바라보고 있으면, 마티스의 거친 붓질이 느껴진다. 붉은빛 오커 컬러는 마티스의 1908년 작품 《붉은 방*The Red Room*》을 떠올리게 한다. 이를 음악으로 비유하자면, 모리스 라벨*Maurice Ravel*의 《볼레로*Boléro*》와 같은 느낌이랄까? 반복되는 리듬과 고조되는 긴장감이 마티스의 화려한 색채와 역동성을 닮았다. 강렬한 색채로 빚어진 이 교향곡 속에서, 나는 마티스가 남긴 빛과 색의 향연에 깊이 빠져든다.

니스(Nice), 붉은 코트 여인

니스(Nice), 프랑스

하늘이 어둑해지고 보슬비가 내리기 시작한다. 마티스의 붓끝에서 흩어진 물감 방울처럼, 빗방울 하나하나가 도시의 색을 더욱 깊고 짙게 물들인다. 마침내 대자연이 만들어 낸 마티스의 색채와 질감이 눈앞에 펼쳐진다.

니스(Nice), 피자 만드는 남자

따스한 불빛이 감도는 소박한 주방, 그의 손길에는 정성이
묻어난다. 올드타운 골목 끝에 자리한 수수한 피자 가게에서,
하얀 셔츠에 모자를 쓴 남자가 피자를 준비하고 있다. 둥글게
빚은 도 위에 소스를 바르고, 신선한 재료들을 하나씩 올려
가며 피자를 완성한다. 그의 손이 지나가는 곳마다 갓 구운
고소한 피자 향이 은은하게 퍼져 나간다. 오늘 밤은 신선한
토마토 소스에 향긋한 바질을 얹어 노릇노릇하게 구워 낸
피자를 먹어야겠다.

니스(Nice), 동행

봄비에 젖은 밤거리는 샛노란 가로등 불빛 아래 부드럽게 빛난다. 낡은 벽에 드리워진 동행의 그림자는 화가의 드로잉처럼 생생하게 움직인다. 빗방울 부딪히는 소리와 함께 그들의 발걸음 소리가 골목길에 은은히 울려 퍼진다. 다정히 길을 걷는 사람들, 어떤 이야기를 품고 이곳에 온 걸까? 봄비의 선율 속에, 속삭이듯 나누는 그들의 대화는 어딘가 비밀스럽고도 따스하다. 행복한 여행이란, 어쩌면 이렇게 함께 나누는 발걸음이 아닐까?

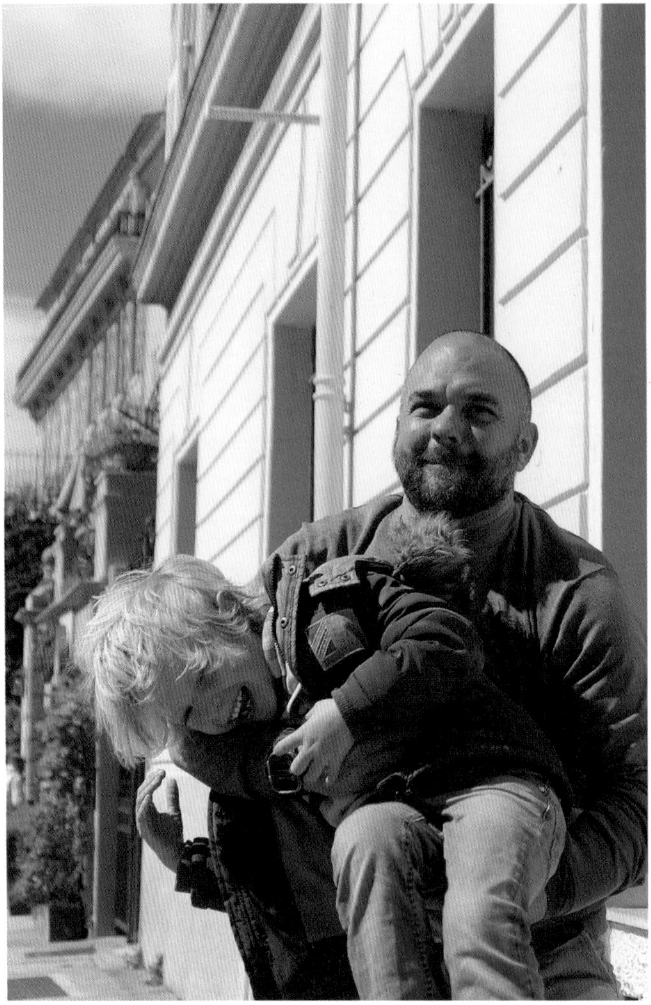

니스(Nice), 행복

니스(Nice), 사진

그녀의 얼굴에는 시간의 흔적이 고스란히 묻어 있고, 그녀의
시선은 세월의 추억을 아련히 더듬는다. 그녀가 바라보는 곳
은 어디일까? 그리운 가족과의 추억, 오래된 친구와의 재회,
혹은 삶의 중요한 순간들이 깃든 장소일지도 모르겠다. 나는
그녀의 시선을 따라가며, 그리움과 애틋함이 어우러진 그녀의
깊은 마음속에 다다른다. 어쩌면 나의 마음속 깊은 곳일지도
모르는 그곳에.

니스(*Nice*), 마르크 샤갈의 아가서Ⅳ
(*Le Cantique des Cantiques* Ⅳ) (1958)

니스(*Nice*), 마르크 샤갈의 아가서Ⅲ
(*Le Cantique des Cantiques* Ⅲ) (1960)

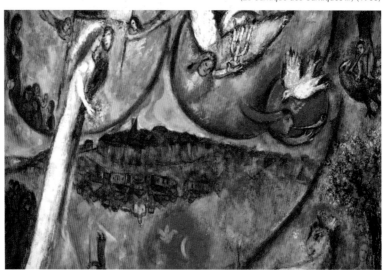

예술을 사랑하는 이들이 니스에 오면, 꼭 약속이라도 한 듯 시미에*Cimiez* 지역을 찾는다. 이곳에는 마티스와 샤갈의 예술혼을 느낄 수 있는 역사적인 미술관이 있기 때문이다. 마티스는 생을 마감한 1954년까지 니스에 머물며 수많은 걸작을 남겼다. 그가 사랑한 니스의 빛과 색은 시미에 언덕에 자리한 마티스 미술관*Musée Matisse*에서 고스란히 만날 수 있다.

샤갈 미술관*Musée Marc Chagall*에는 구약 성경의 주요 장면들을 담은 17점의 대형 회화 시리즈가 전시되어 있다. 샤갈 특유의 색채 감각과 몽환적인 상상력을 온몸으로 느낄 수 있는 이 작품들은 각 이야기마다 상징성을 지닌 고유한 색으로 채워져 있다. 빨강, 파랑, 녹색, 노랑과 같은 원색들은 강렬한 시각적 인상을 남기며, 주제에 따라 극적인 감정 변화를 표현해 영적인 깊이를 한층 더 풍부하게 드러낸다.

샤갈 그림에 담긴 생폴드방스*Saint-Paul-de-Vence*는 꿈과 현실이 어우러진 환상의 공간이다. 화폭에 펼쳐진 이 마을은 그의 마음속 깊이 자리한 평화와 사랑의 안식처다. 그림 속 남녀는 샤갈과 그의 아내를 상징하며, 하얀 드레스를 입은 아내를 다정히 감싸안은 샤갈의 모습에서 서로를 향한 깊은 사랑과 그리움이 묻어난다. 샤갈의 그림은 영원히 변치 않을 사랑을 노래하듯, 아름답고도 애틋하게 빛나고 있다.

샤갈 미술관의 가장 깊숙한 곳, 분홍빛으로 물든 아가서 *Le Cantique des Cantiques* 전시실에서는 샤갈 부부가 염원하던 '영원한 사랑'을 마음 깊이 느낄 수 있다. 마치 그들의 사랑 이야기 속으로 초대된 듯, 벽마다 스며든 애절한 속삭임에 조용히 귀를 기울인다. 샤갈의 그림들은 사랑이 메마른 척박한 세상에 내리는 촉촉한 봄비처럼 온화하고 따스한 사랑의 메시지를 전한다.

샤갈이 전해 준 사랑의 설렘을 가슴에 품고, 바닷길을 따라 망통*Menton*으로 발걸음을 옮긴다. 봄 햇살에 반짝이는 바다가 내 마음을 부드럽게 어루만진다. 눈이 시리다. 찬란한 봄빛에.

"이탈리아와 맞닿은 남프랑스의 끝자락에는 봄 햇살에 노랗게 물든 낭만도시 망통 *Menton*이 숨어 있다."

PROVENCE *Menton*

02. 시트러스 *Citrus* 향기로 가득한
레몬빛 망통

Menton

망통(*Menton*), 동녘 바다

성채 묘지Cimetière du Vieux Château 언덕에 올라, 온몸으로 따스한 봄 햇살을 받아들인다. 눈을 살며시 감고 옛 망통 Vieux Menton의 모습을 떠올려 본다. 빼곡히 늘어선 창문과 발코니에는 저마다의 이야기가 깃들어 있다. 그 집에 새겨진 삶의 흔적은 그 안에 머문 인연의 무게다. 한 지붕 아래서 나누던 웃음소리가, 창문 너머로 바라보던 지중해의 눈부신 풍경이, 누군가에겐 행복했던 회상이겠지. 내 삶에도 그런 잊혀져 가는 그리움의 조각들이 있다. 어린 시절, 행복했던.

망통(Menton), 비유 망통(Vieux Menton)

망통의 상징인 성 미카엘 대성당*Basilique Saint-Michel-Archange*에 가려면, 노란 벽으로 둘러싸인 계단을 하나하나 뚜벅뚜벅 올라가야 한다. 이 계단을 오를 때마다 레몬빛 햇살에 반짝이는 아름다운 지중해가 점점 더 눈앞에 펼쳐진다.

남프랑스에서 망통은 '리비에라*Riviera*의 진주'라고 불린다. 순수한 사랑과 행복을 상징하는 '진주'는 시대와 유행을 초월한 클래식한 아름다움을 지니고 있어, 망통의 이미지와 자연스럽게 어우러진다. 2월말에 열리는 '망통 레몬 축제'는 우아한 멜로디와 활기찬 리듬이 어우러진 모차르트*Mozart*의 선율을 떠올리게 한다. 축제 기간,《피가로의 결혼 서곡 *The Marriage of Figaro Overture*》이 울려 퍼지며 레몬 왕국의 백성들은 한껏 들뜬다.

화가이자 디자이너인 라울 뒤피*Raoul Dufy*는 망통에서 많은 시간을 보내며 이곳의 아름다운 풍경과 시트러스 향이 가득한 과일과 꽃을 화폭에 담았다. 어릴 적부터 모차르트 음악을 많이 듣고 자라서일까? 라울 뒤피의 수채화에는 즐거움과 환희가 가득 담겨 있다. 그의 작품을 보고 있으면, 세상을 바라보는 그의 긍정적인 시선이 전해져 저절로 미소가 지어진다. 화려한 빛과 색으로 삶의 행복과 기쁨을 표현했던 라울 뒤피는, 힘든 현실보다는 밝고 즐거운 세상을 그리고자 했다. 그래, 우리도 '뒤피 스타일'로 웃어 보자! 세상은 충분히 행복할 가치가 있으니까.

"삶은 나에게 항상 미소 짓지 않았다.
그러나 나는 언제나 삶에 미소 지었다."
– 라울 뒤피

망통(*Menton*), 노란 벽면 계단

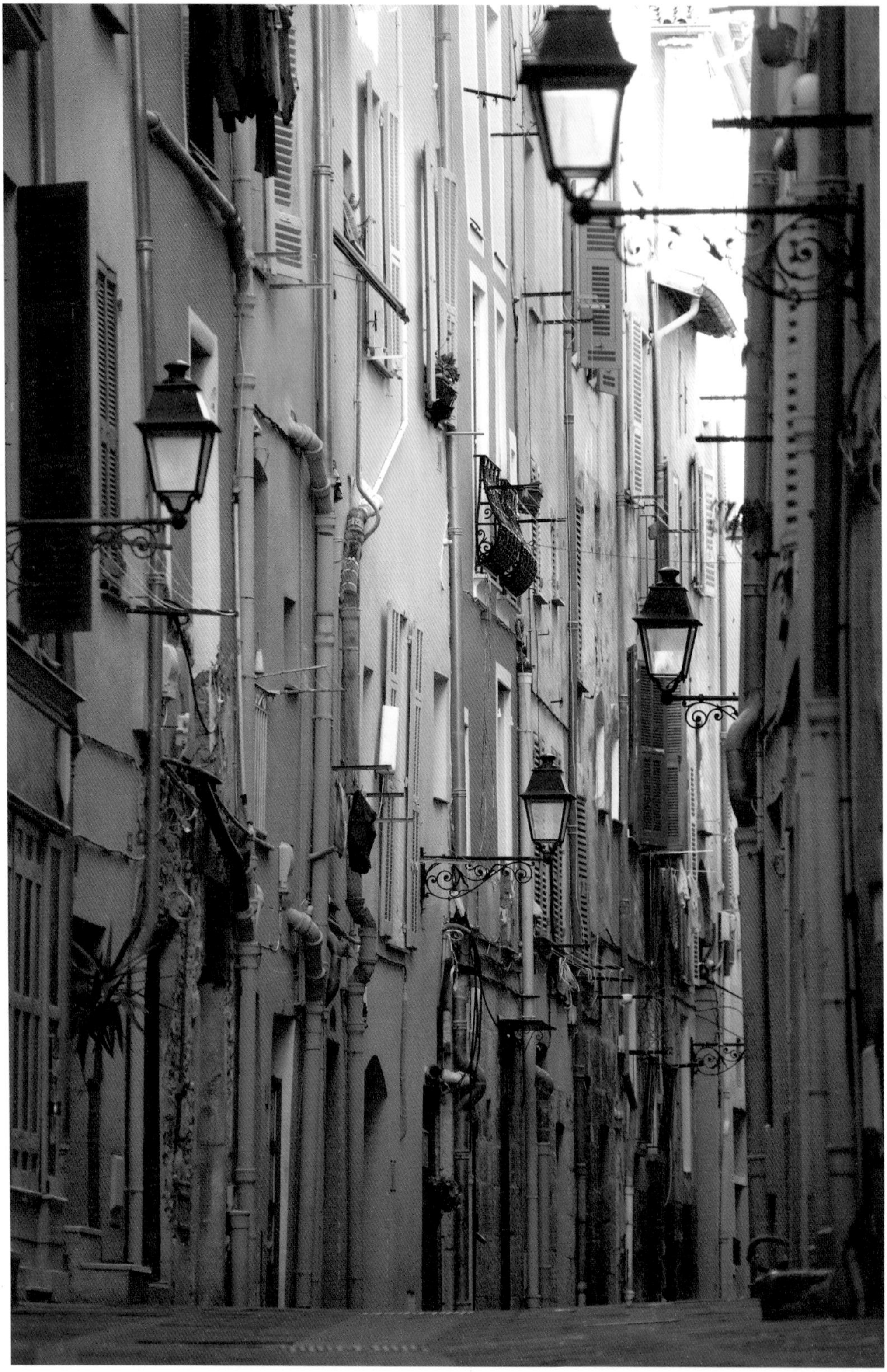

망통(*Menton*), 파스텔 물감

망통(*Menton*), 연인

망통의 건물들은 파스텔 물감이 흘러내린 듯 아찔하게 채색되어 있다. 마치 초현실주의 화가의 거대한 캔버스를 보는 듯하다. 햇살이 비추는 각도에 따라 색채가 시시각각 변하고, 빛이 스며든 흔적들은 예술가의 손길이 닿은 것처럼 섬세하고 아름답다.

다정하게 손을 잡고 걷는 연인, 망통의 아름다움 속에 시작된 사랑. 무심히 시간이 흘러도 망통의 골목길은 두 사람의 옛 사랑을 영원히 간직할 것이다. 우리도 햇살 가득한 어느 골목길에서, 떨리는 마음으로 사랑을 속삭였던 그날처럼.

망통(Menton), 오렌지 나무

레몬과 오렌지 나무들이 줄지어 선 거리로, 석양에 물든 연인의 실루엣이 서서히 다가온다. 시트러스 향이 거리를 감싸고, 황금빛 사랑의 추억이 그 길 위에 아련히 스며든다. 바닥에는 떨어진 오렌지 몇 알이 뒹굴고, 연인의 스마트폰에는 이 순간의 사랑이 영원히 담긴다.

망통의 길 위에 화양연화의 시간이 흐른다. 사랑의 열망은 황금빛 석양 속에 녹아들고 사진 속에 담긴 빛바랜 지난날은 황혼의 따스한 빛으로 사랑의 추억을 길어 올린다.

레몬빛 향기로 물드다

레몬을 한 입 베어 문다
톡 쏘는 상큼함
낯선 설레임
레몬빛 사랑이 시작된다

입술에 머문 첫사랑의 떨림
달콤한 기억 속의 그 사람
시린 바람에도 변치 않는
레몬 나무의 잎새처럼

시트러스 향이 퍼지는 저녁
노을에 물든 감정의 조각들
한 모금 마신 레몬차에
씁쓸함이 입안을 가득 메운다

저 멀리 서 있는 아련한 추억
달콤 쌉싸래한 인연의 여운이
한 편의 시가 되어
레몬빛 사랑으로 물든다

사랑이란?

사랑이란, 글로 표현하기에 참 힘든 감정이다.
이럴 땐, 장문의 글보다 찰나의 사진 한 장이 더 큰 울림을 준다.

"사랑이란, 그의 그윽한 눈빛과 그녀의 다정한 손길이다."

내 마음속에 망통은, 사랑의 여운이 가득한 레몬빛 도시로, 사랑의
선율이 흐르는 레몬빛 로맨티시즘*Romanticism*으로 기록되었다. 뒤
피가 내게 던진 '행복한 삶'을 떠올리며, 나는 새파란 윤슬로 빛나는
모나코*Monaco* 해변으로 간다.

망통(*Menton*), 사랑

"화려함과 우아함이 어우러진 모나코 *Monaco*는 많은 이들의 마음을 사로잡는 매혹적인 도시다. 특히 전 세계적으로 유명한 몬테카를로의 카지노는 모나코 그랑프리와 함께 짜릿한 매력을 선사한다. 모나코를 찾는 이들은 그레이스 켈리를 회상하며, 짙푸른 바다를 배경으로 펼쳐지는 우아한 도시 풍경과 고급스러운 라이프스타일에 절로 탄성이 나온다."

PROVENCE
Monaco ●

03. | 하늘 아래
가장 화려한 도시국가
모나코
Monaco

모나코(*Monaco*), 모나코빌

낮의 에너지와 밤의 관능미를 가진 모나코 *Monaco*

모나코에서는 아찔하면서도 스타일리시하게 차려입은 패셔니스타들을
보는 즐거움이 있다. 몬테카를로 *Monte-Carlo* 사람들은 우아한 드레스에
클러치 *Clutch*를 들고 프라이빗 파티에 가거나, 편안하면서도 럭셔리한
분위기의 올드머니룩 *Old Money Look*을 연출한다. 이들을 부러운 눈길로
바라보는 것조차 모나코를 즐기는 또 하나의 방법이 된다.

몬테카를로 카지노의 화려한 불빛 아래서 벌어지는 초현실적인 광경,
그리고 매년 개최되는 모나코 그랑프리의 긴장감 넘치는 속도와 열정이
이 도시를 특별하게 만든다. 그러나 이 모든 것을 넘어, 모나코의 진정한
매력은 '그레이스 켈리'의 전설적인 이야기에서 비롯된다.

모나코의 영원한 아이콘, 그레이스 켈리 *Grace Kelly*

할리우드의 전설적인 배우였던 그녀는, 모나코의 레니에 *Rainier* 3세와 결혼
하며 모나코 공국의 왕비가 되었다. 그녀의 우아함과 아름다움은 모나코
이미지의 한 부분이 되었으며, 그녀의 삶과 죽음은 모나코 역사의 중요한
한 페이지를 장식했다.

모나코(Monaco), 모나코 가는 길

에르메스 켈리 백*Hermès Kelly Bag* 이야기

에르메스의 '켈리 백'은 그레이스 켈리*Grace Kelly*의 삶 한 조각이 되어, 오늘날에도 그녀의 이야기를 이어가고 있다. 임신한 배를 가린 가방이 잡지에 실리면서 유명해졌다는 '켈리 백'은 그녀의 우아함을 상징하는 아이콘으로 자리 잡았다. 오늘날, 넉넉한 크기의 이 가방은 변화하는 여성의 역할을 반영하며, 풍요로운 삶의 상징이자 수많은 여성들의 로망이 되었다.

그레이스 켈리, 모나코 하늘의 빛이 되다

1982년 9월, 그레이스 켈리는 딸 스테파니*Stéphanie*와 아젤산*Mont Agel* 아래 별장에서 모나코 궁으로 돌아오던 길에 불의의 사고를 당했다. 좁고 구불구불한 라튀르비에*La Turbie* 산길을 따라 내려오던 중, 뇌졸중으로 37m 아래 절벽으로 추락하였다. 이 사고로 그녀는 세상을 떠났으며, 그 소식은 전 세계를 깊은 슬픔에 빠뜨렸다.

그레이스 켈리가 마지막으로 내려왔던 라튀르비에 산길을 따라 라테트드 시앙*La Tête De Chien* 전망대에 오른다. 이곳에 이르면 모나코 전역이 한눈에 내려다보인다. 망통에서 니스로 이어지는 코트다쥐르 해안이 파노라마처럼 펼쳐지고, 코발트빛 지중해의 눈부신 풍경에 저절로 넋을 잃게 된다. 그녀의 우아한 미소와 비극적인 운명 또한 모나코의 봄바람에 실려 와, 그녀가 여전히 이곳에 머물며 함께하고 있는 듯하다.

모나코(*Monaco*), 라테트드시앙 전망대에서

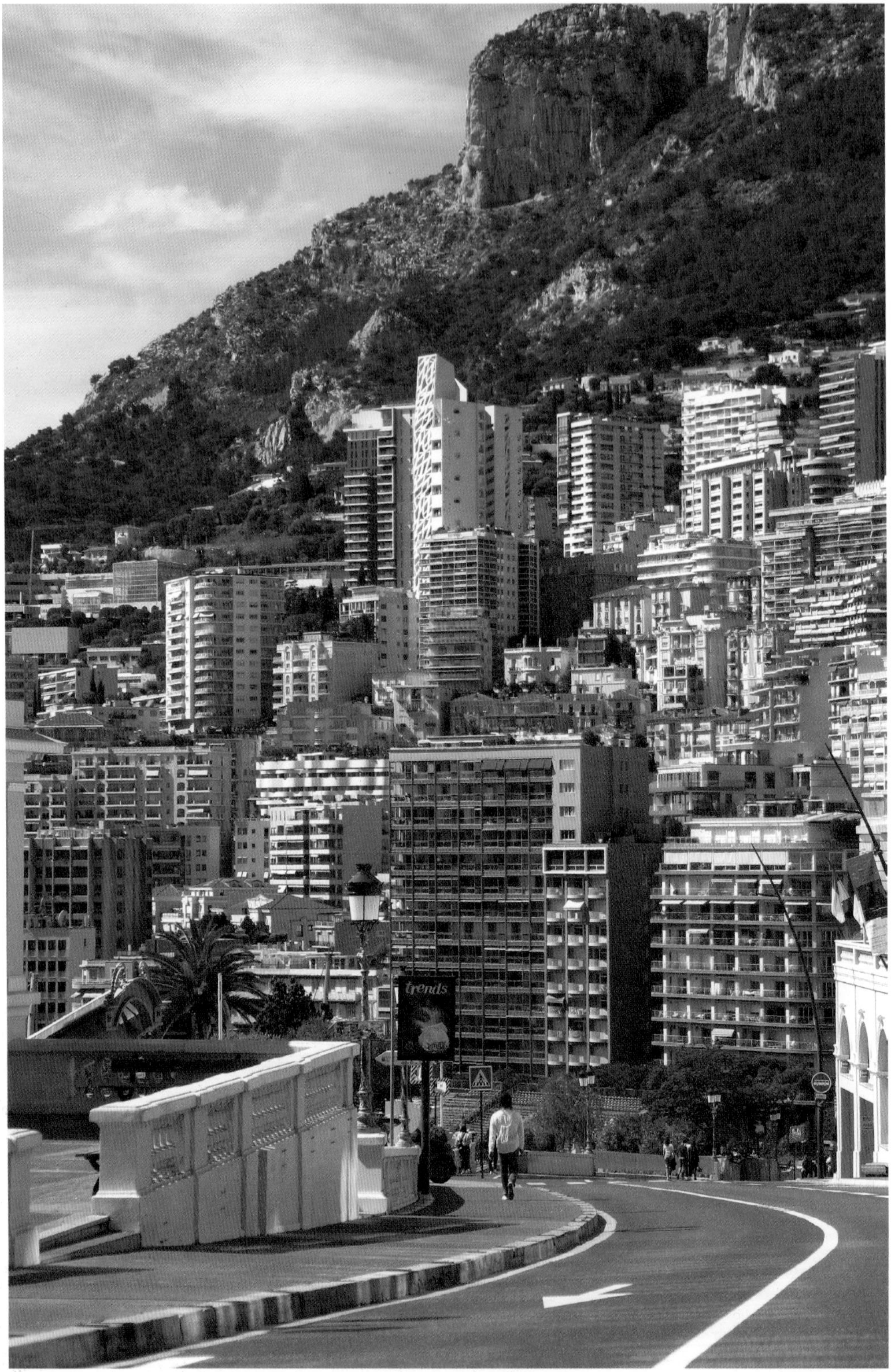

모나코(Monaco), 도로 위를 걷다

모나코(*Monaco*), 몬테카를로

몬테카를로*Monte-Carlo*는 전 세계 부유층과 유명 인사들이 모여드는 곳으로, 고급 호텔과 레스토랑, 그리고 럭셔리한 부티크가 즐비하다. 프랑스의 천재 건축가 샤를 가르니에 *Charles Garnier*가 설계한 그랑 카지노*Casino de Monte-Carlo* 와 오페라 하우스*Opéra de Monte-Carlo*, 그리고 매년 5월 포 뮬러 원 월드 챔피언십 레이스가 펼쳐지는 모나코 그랑프리 *Monaco Grand Prix* 서킷이 모두 이곳에 자리하고 있다.

몬테카를로의 아스팔트 도로 위를 걷는다. 강렬한 햇빛이 내리쬐는 도시에서, 카메라를 어깨에 메고 천천히 발걸음을 옮긴다. 발아래 단단하게 느껴지는 아스팔트의 감촉이 사진 작업에 대한 열망과 의지를 더욱 다지게 한다. 이 순간을 영원히 기억하고자 셔터를 누른다. 매 프레임마다 모나코의 이야기가 담기고, 그 빛과 색이 내 사진 속에서 살아 숨 쉰다.

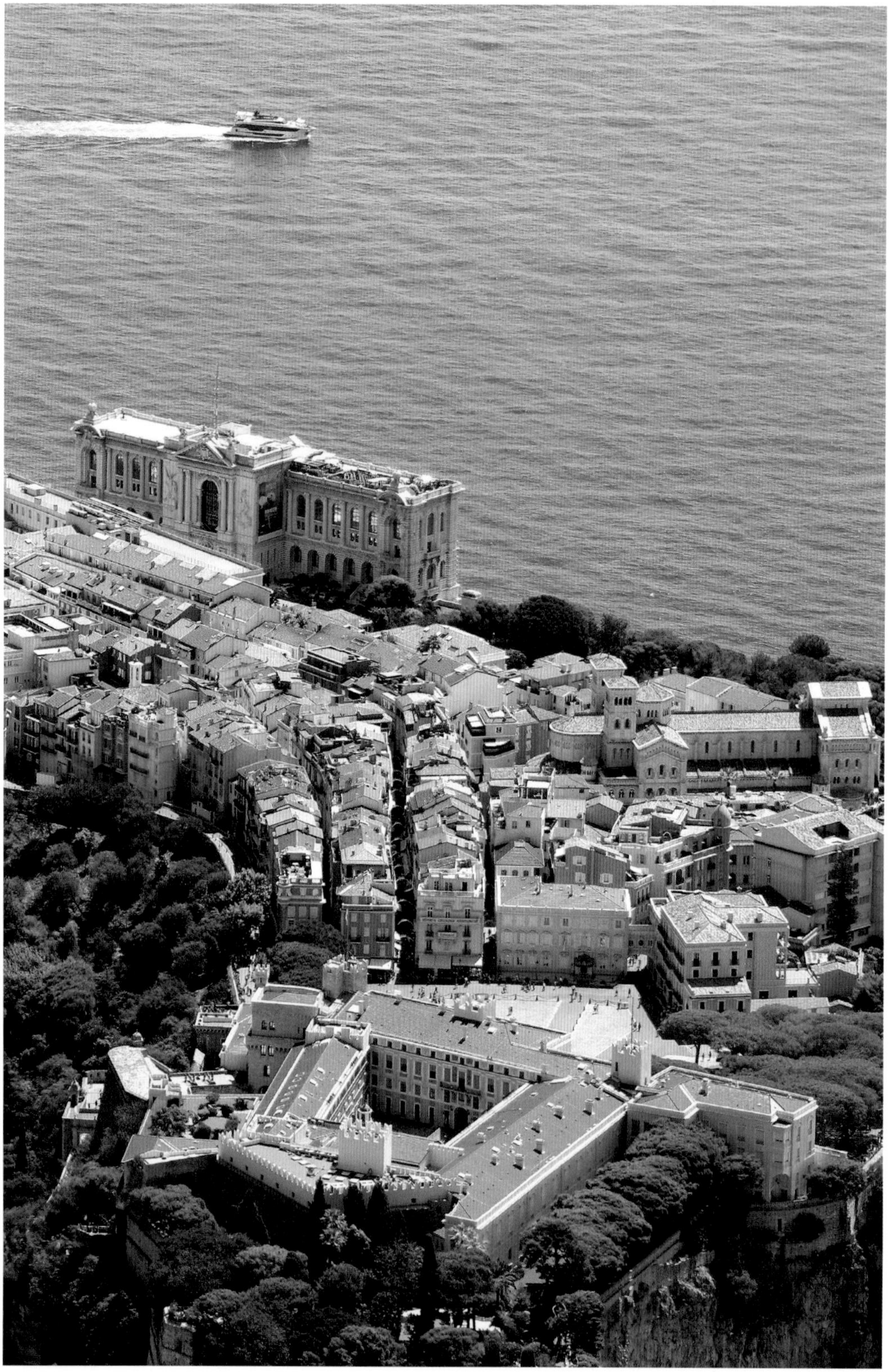

모나코(*Monaco*), 모나코 대공궁

모나코 대공국을 지키는 꼬마 군인

꼬마 군인은 왕국을 지키는 용사라도 된 듯 커다란 대포 위
에 올라탄다. 그의 얼굴에는 지금 당장 모든 포탄을 쏘아 버
릴 것 같은 장난기 어린 미소가 가득하다. 꼬마 군인의 배낭
은 전투에 나서는 용사의 갑옷처럼 그의 등에 단단히 매달
려 있다. 그러다 이내 나를 쳐다보며 알 수 없는 미소를 던
진다. 나도 질세라 카메라 대포를 꺼내 들며 외친다,
"자, 준비됐어! 찰칵!"

모나코(*Monaco*), 꼬마 군인

모나코(Monaco), 어느 공원에서

올리브 나무와 라벤더 허브를 볼 때마다 자연스럽게 발걸음을 멈추게 된다. 모나코빌의 어느 공원에서도 그러했다. 왜 일까? 북한강에 세워질 카페발랑솔Cafe Valensole이 떠오르기 때문이다. 은청색 잎새의 올리브와 회녹색 줄기의 라벤더 가 어우러진 풍경을 그대로 카페발랑솔Cafe Valensole로 옮겨가고 싶다. 남프랑스의 감성을 품고 2025년 봄에 문을 열 카페발랑솔Cafe Valensole의 입구에는 프랑스에서 가져온 3m 높이의 대문이 우뚝 설 예정이다.

코트다쥐르*Côte d'Azur* 해안의 색채는 어쩌면 이토록 황홀할
까? 봄날의 태양이 커다란 붓을 들고 정성을 다해 캔버스를
채우고 있다. 도시는 은은한 황금빛으로 물들고, 하늘에는
아늑한 분홍빛이 스며든다. 이곳의 빛과 색을 훔쳐 사진 속
에 가둬 두고 싶어진다.

어느새 태양은 서쪽 지평선 아래로 저물고, 모나코 앞바다
에는 옅은 어둠이 내려앉는다. 잔잔한 물결 위를 수놓던 황
금빛 여운은 서서히 보랏빛으로 옅어지고, 도시의 불빛이
하나둘 켜지며 화려한 조명이 바다를 물들인다. 모나코에
고요한 밤이 찾아온다.

모나코(Monaco), 해질 무렵

"모나코에서 니스로 이어지는 해안선을 따라가다 보면, 고요한 중세 마을 에즈*Eze*가 모습을 드러낸다. 에즈 언덕에서 내려다보는 지중해의 절경은 감탄을 자아내며, 왜 니체가 이곳을 사랑했는지 자연스레 알게 한다. 그의 이름을 딴 '니체의 길*Chemin de Nietzsche*'을 따라 걷다 보면, 그가 걸으며 사유에 잠겼던 풍경과 마주하는 특별한 순간을 경험하게 된다."

04.   지중해로 이어진
       니체의 산책로 에즈

       Eze

에즈(*Eze*), 봄

Aber bei meiner Liebe und Hoffnung beschwöre ich dich: wirf den Helden in deiner Seele nicht weg! Halte heilig deine höchste Hoffnung!

"Amor Fati: 네 운명을 사랑하라.
그것은 네가 경험하는 모든 것을
아름답게 만드는 유일한 길이다."
– 프리드리히 니체

에즈(*Eze*), 니체가 사랑한 바다

남프랑스 절벽 위에 자리 잡은 중세 마을, 에즈 빌리지*Eze Village*.

해발 427m 절벽 위에 자리한 이 마을은 독특한 풍경 덕분에 '독수리 둥지'라 불린다. 에즈 빌리지는 중세 시대에 중요한 방어 요새로 사용되었으며, 그 흔적은 여전히 성채 곳곳에 남아 있다. 19세기 말부터 이곳은 수많은 예술가와 철학자들에게 영감을 주는 장소로 자리 잡았으며, 특히 독일 철학자 프리드리히 니체*Friedrich Nietzsche*가 이곳에서 주요 작품을 집필하며 시간을 보낸 것으로도 잘 알려져 있다.

에즈(*Eze*), 에즈 빌리지

내 인생의 '아모르 파티 *Amor Fati*'

절벽 위에 우뚝 솟아 있는 에즈 빌리지는 코트다쥐르에서 가장 독특하고 매혹적인 지중해의 풍경을 품고 있다. 발 아래 펼쳐진 푸른 바다를 내려다보며 고즈넉한 중세 마을의 돌담길을 걷다 보면, 세월의 흔적을 고스란히 간직한 집들과 마주하게 된다. 부서진 돌벽 틈에서 자란 이끼와 잡풀은 마을의 오래된 역사를 은은히 드러낸다.

거친 흙냄새와 찬란한 햇살, 그리고 마을을 둘러싼 성스러운 기운이 에즈 빌리지의 첫인상이다. 이곳의 오솔길을 따라 걷다 보면 자연스레 사색에 잠기고, 내 안에 살아 숨 쉬는 '운명애'를 느끼게 된다. 이 세상에서 내가 가장 사랑해야 할 존재는 바로 나 자신과 내가 선택한 나의 운명이다. 모든 걱정과 염려를 바닷바람에 실어 보내고, 남프랑스의 매혹적인 풍경 속에 흠뻑 젖어 들자.

라틴어로 '아모르 *Amor*'는 사랑을, '파티 *Fati*'는 운명을 뜻한다. 니체 철학의 핵심 사상인 '아모르 파티'는 자신의 운명을 사랑하고 받아들이라는 '운명애'를 의미한다. 지중해를 바라보며 문득 지난날을 떠올린다. 고단했던 순간들이 따스한 봄 햇살 속에서 부드럽게 녹아내리는 듯하다. 내 인생의 '운명애', 나만의 '아모르 파티 *Amor Fati*'를 위해.

에즈 마을은 태양의 움직임에 따라 빛과 색의 마법 같은 변화를 연출한다. 아침 햇살은 돌담을 부드럽게 감싸안아 마을에 '고독한 평온'을 드리우고, 한낮의 강렬한 햇빛은 짙은 그림자를 만들어 석조 건물의 디테일을 더욱 선명하게 돋보이게 한다. 해질 무렵 저녁노을이 퍼지면, 고요한 중세 마을은 온통 붉은빛과 주황빛으로 황홀하게 물든다.

에즈(Eze), 한낮의 강한 햇살

에즈(Eze), 아침을 비추는 빛

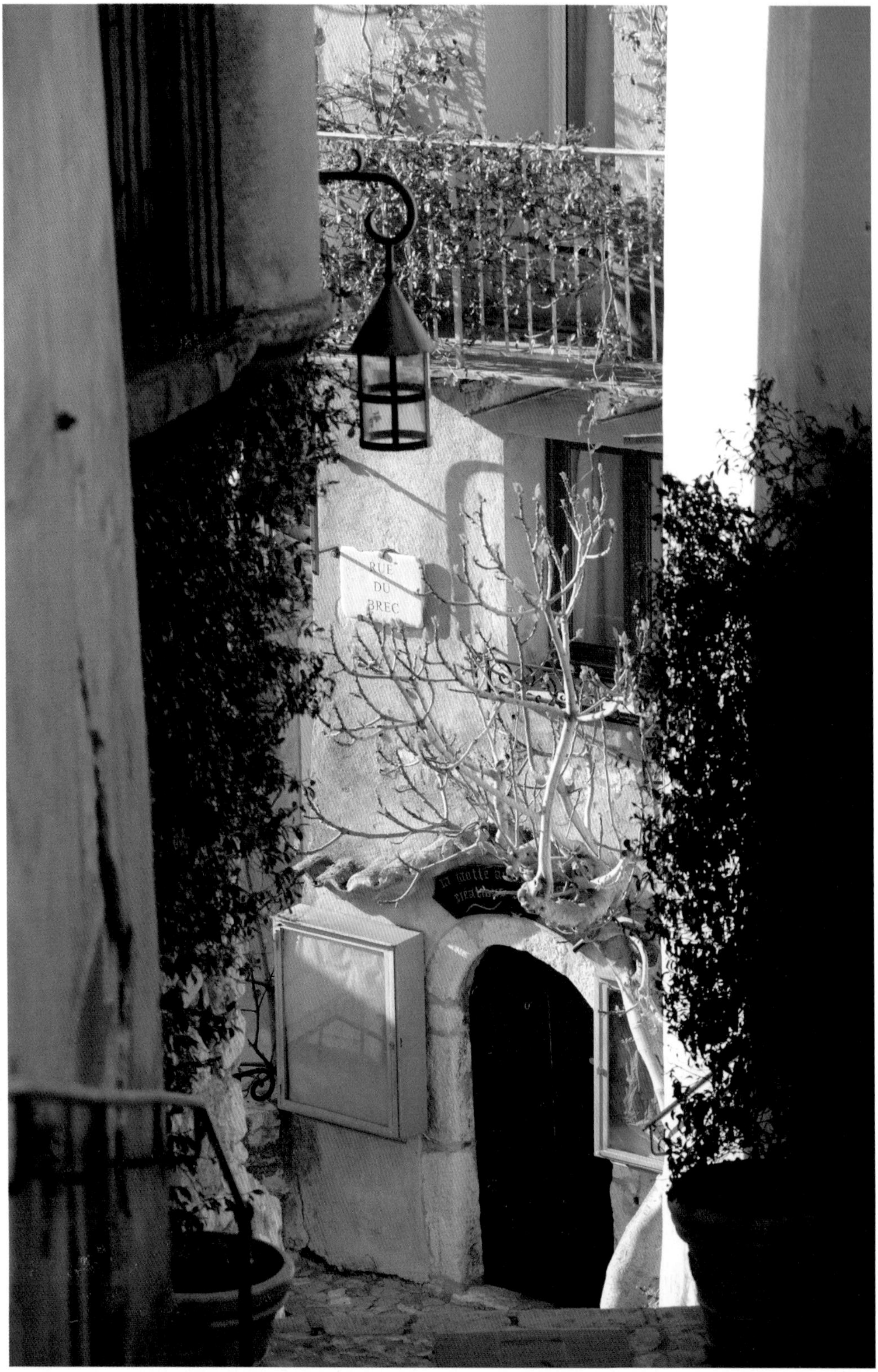

에즈(*Eze*), 해질 무렵

에즈(*Eze*), 화분

바람에 흔들리는 나뭇잎 소리, 좁은 골목길에 울리는 발자국 소리, 그리고 멀리서 속삭이듯 들려오는 파도 소리. 이 모든 소리가 조화롭게 어우러져 에즈의 풍경을 완성한다.

걷던 중 갑작스레 발걸음을 멈추고 한곳을 오래 응시하게 되는 순간이 있다. 그곳에는 설명할 수 없는 매력으로 눈길을 사로잡는 아름다움이 자리하고 있다. 시선 끝에는 낡고 커다란 화분이 놓여 있고, 초록 줄기를 따라 흰 꽃들이 바닥으로 흘러내리고 있다. 셔터 소리가 찰칵 울리고, 흐뭇한 미소와 함께 다른 곳으로 발걸음을 옮긴다.

내 사랑과 희망을 걸고 간청하니,
네 영혼 속의 영웅을 잃지 말고,
가장 큰 희망을 소중히 간직하라!

《차라투스트라는 이렇게 말했다*Also sprach Zarathustra*》에서

에즈(*Eze*), 에즈쉬르메르

에즈(*Eze*), 니체의 산책로

에즈쉬르메르*Eze-sur-Mer* 해변마을에서 에즈 빌리지로 이어지는 '니체의 오솔길*Chemin de Nietzsche*'. 나는 그 길을 걸으며, 니체가 남긴 발자취 위에 내 감정을 고스란히 담아 본다. 독일 철학자 프리드리히 니체*Friedrich Nietzsche*는 1883년부터 1885년까지 이곳 에즈에서 오랜 시간을 보냈다. 연인이었던 루 살로메*Lou Salomé*와의 관계가 완전히 끝난 후, 상실감 속에서 그의 건강은 더욱 악화되었다. 신체적 치유와 철학적 사유를 위해 그는 따뜻한 기후와 고요한 환경을 찾아 이곳으로 오게 되었다.

에즈에서 니체는 자신의 대표작 중 하나인 《차라투스트라는 이렇게 말했다*Also sprach Zarathustra*》를 집필했다. 이 작품에서 그는 인간이 더 이상 외부 권위에 의존하지 않고, 스스로 가치를 창조하며 자기 자신을 극복하는 존재가 되어야 한다고 주장했다. 니체는 차라투스트라*Zarathustra*를 통해 인간이 자신의 삶과 운명을 사랑하며 이를 긍정적으로 받아들이는 능동적인 존재로 거듭나야 한다고 강조했다.

"네 운명을 사랑하라."
니체의 산책로에서 누군가가 내게 말을 거는 것 같다.
내 삶에 허락된, 내 인생의 '아모르 파티*Amor Fati*'를 위해.

"새하얀 요트들과 작은 어선들이 유유히 떠 있는 짙푸른 바다. 그 옆으로 펼쳐진 고풍스러운 주홍색 건물들이 내 마음을 오롯이 사로잡는다. 이곳은 코트다쥐르의 주홍빛 진주, 빌프랑슈르메르*Villefranche-sur-Mer*다."

PROVENCE

Villefranche-sur-Mer

05. | 짙푸른 해변 주홍빛 바다마을
     빌프랑슈쉬르메르

Villefranche-sur-Mer

빌프랑슈쉬르메르(*Villefranche-sur-Mer*), 바다마을

'바닷가 자유도시'란 뜻의 빌프랑슈쉬르메르*Villefranche-sur-Mer*는 14세기에 건설된, 전략적으로 중요한 지중해 연안의 항구도시였다. 면세 혜택 덕분에 상업이 번성하며 활기를 띠었던 이곳은 오늘날에도 그 역사적 매력을 그대로 간직하고 있다.

이곳을 대표하는 건축물로는 주홍빛 건물들 사이에서 노란 자태를 뽐내는 '성 미카엘 교회*Église Saint-Michel*', 연한 황갈색 석벽으로 두텁게 둘러싸인 성채 '시타델생엘메*Citadelle Saint-Elme*', 그리고 어부들의 '수호 성인' 베드로를 기리기 위해 지어진 '샤펠생피에르*Chapelle Saint-Pierre*' 등이 있다. 그중에서도 내 시선과 호기심이 줄곧 머물던 곳은 바로 샤펠생피에르 예배당이다.

마을 입구 샛길을 따라 걸으면 지중해 요리를 선보이는 아늑한 레스토랑과 구수한 커피 향이 풍기는 카페들이 늘어선 '쿠르베 부두길*Quai Courbet*'에 이르게 된다. 이곳에서는 잔잔한 파도 소리와 따스한 햇살이 어우러져 지중해의 아름다움을 마음껏 만끽할 수 있다.

빌프랑슈쉬르메르(*Villefranche-sur-Mer*), 주홍빛 건물들

빌프랑슈쉬르메르(*Villefranche-sur-Mer*), 마을 입구

빌프랑슈쉬르메르(*Villefranche-sur-Mer*), 마을 전경

쿠르베 부두길을 따라가다 보면, 노란색 파사드에 주홍색과 흰색의 독특한 문양이 그려진 샤펠생피에르*Chapelle Saint-Pierre* 예배당을 만나게 된다. 이곳은 미국 드라마 《에밀리, 파리에 가다*Emily in Paris*》에도 등장하는데, 에밀리*Emily*와 카미유*Camille*가 이 예배당 안에서 장 콕토*Jean Cocteau*의 벽화를 배경으로 솔직한 대화를 나누는 장면으로 잘 알려져 있다. 벽화에는 성 베드로의 생애와 어부들의 삶을 섬세하게 묘사한 프레스코화가 담겨 있어, 보는 이에게 깊은 인상을 남긴다.

"나는 이 예배당에서 밤낮으로 2년을 살았다. 5개월 동안 나는 작은 성 베드로 본당에서 지내며 관점의 천사와 싸우고, 천장에 웅크리고, 황홀해지고, 방부 처리되었다. 말하자면, 파라오가 자신의 석관을 칠하는 것을 걱정하는 것처럼. 그리고 마침내 나는 예배당이 되었고, 나는 벽이 되었다." – 장 콕토

1957년, 프랑스의 유명한 시인이자 화가인 장 콕토는 예배당 내부에 아름다운 프레스코화를 완성했다. 1920년대 처음 이곳을 방문한 그는 빌프랑슈쉬르메르의 평화롭고 아름다운 분위기에 깊이 매료되어 자주 머물렀다. 특히 마을 어부들과 친밀한 관계를 맺으며 그들의 삶과 문화에 큰 관심을 가졌다. 이러한 인연을 계기로, 그는 예배당의 낡은 벽과 천장을 캔버스 삼아 어부들의 일상과 성 베드로의 이야기를 주제로 벽화를 그리게 되었다.

장 콕토가 이곳 예배당에서 그랬듯, 나는 북한강 작은 땅에 프로방스의 빛과 색을 담은 나만의 예배당을 만들고 있다. 햇살이 쏟아지는 아침, 물안개 자욱한 강변에서 자연의 아름다움과 예술혼이 조화를 이루는 나의 예배당, 카페발랑솔 *Cafe Valensole*. 이곳에서 나도 관점의 천사와 싸우고, 천장에 웅크리고, 황홀해지고, 방부 처리될 예정이다.

빌프랑슈수르메르(*Villefranche-sur-Mer*), 샤펠생피에르

빌프랑슈수르메르(Villefranche-sur-Mer), 틈새 바다

빌프랑슈쉬르메르(Villefranche-sur-Mer), 점심 식사

바다를 품은 이곳의 골목길을 걷다 보면, 단순하면서도
아름다운 이곳의 삶을 자연스럽게 느낄 수 있다. 푸른 물결
과 따뜻한 햇살 속에서 여유를 즐기는 사람들은 소소한 기쁨
으로 가득하고, 바다에서 불어오는 시원한 바람은 잔잔한
행복을 전해 준다.

행복은 거창한 것이 아니다. 행복은 일상 속에서 불쑥 찾아
오는 수줍은 미소와 같다. 바다를 바라보며 마시는 커피
한 잔, 친구와 나누는 덤덤한 대화, 그리고 골목길을 걸으며
느끼는 바람의 향기처럼. 이 모든 작은 순간들이 모여 우리
삶을 더욱 풍요롭게 만든다.

지금 이 순간, 우리가 누리고 있는 평범한 일상이
바로 '빌프랑슈쉬르메르'다.

구시가지 중심에 자리한 성 미카엘 교회Église Saint-Michel 로 가는 길목에서 뜻밖에 빛이 거의 들지 않는 좁고 긴 골목 길과 마주쳤다. 이 길의 이름은 '어두운 길Rue Obscure'이다. 130m에 이르는 짙은 어둠 속으로 조심스레 첫발을 내디뎠다.

처음 길에 들어섰을 때, 나는 불안과 두려움에 사로잡혔다. 어둠 속에서 길을 찾는 것은 쉽지 않았고, 고요한 정적 속에 서 작은 소리조차 크게 울리는 듯했다. 이 길을 걷는 동안 불안과 두려움, 호기심과 경외감이 교차하며 내 마음을 뒤흔들었다.

그러다 어둠 속 틈새로 스며드는 작은 빛줄기를 발견했다. 그 빛은 마치 어둠을 헤치며 길을 안내하는 희미한 등대처 럼 보였다. 빛을 따라 조심스레 걸음을 옮기자 '어두운 길' 의 모습이 조금씩 드러나기 시작했다. 낡은 벽과 아치형 천 장, 그리고 흐릿한 빛줄기가 만들어 내는 그림자는 중세 시 대를 배경으로 만든 영화 세트장 같았다.

이제 이 길은 더 이상 '어두운 길'로 느껴지지 않는다. 그것 은 중세 시대로 거슬러 올라가는 '숨겨진 통로'이자, 수많은 인연의 삶이 새겨진 '역사의 잔흔'이다. 이 통로의 끝에 이 르러 마주한 성 미카엘 교회와 그 앞을 지키고 서 있는 사이 프러스Cypress 나무가 더욱 경이롭게 느껴졌다.

빌프랑슈쉬르메르(Villefranche-sur-Mer), 어두운 길

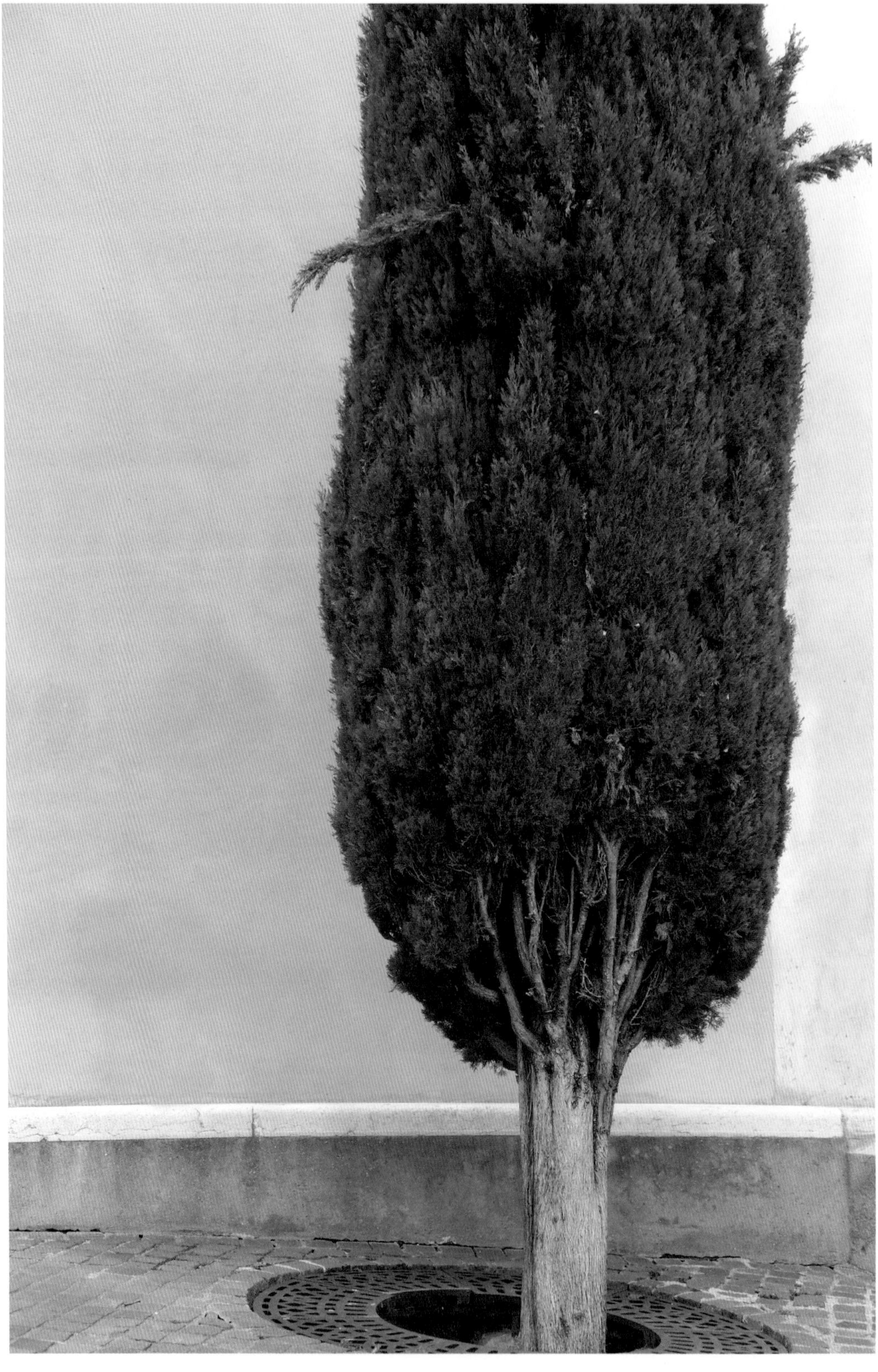

빌프랑슈쉬르메르(*Villefranche-sur-Mer*), 사이프러스(*Cypress*)

빌프랑슈쉬르메르(Villefranche-sur-Mer), 엄마 순

빌프랑슈쉬르메르(*Villefranche-sur-Mer*), 아치 패턴

빌프랑슈쉬르메르
(*Villefranche-sur-Mer*),
프레임(*Frame*)

우리는 세상을 '패턴*Pattern*'으로 바라본다. 다른 사람이 만든 패턴으로.
우리는 세상을 '프레임*Frame*'으로 바라본다. 다른 사람이 정해준 프레임으로.

내가 그린 패턴과 내가 찾은 프레임이 내가 살아갈 '진정한 인생'이다.
난 그런 사진을 찍고 싶고, 그런 인생을 살고 싶다.

"봄비가 내리던 어느 아침, 나는 카메라를 챙겨 메고 페용 *Peillon* 으로 차를 몰았다. 마을에 가까워질수록 고요하게 내리던 빗소리는 점점 깊고 풍성하게 내 주변을 감싸며 울려 퍼졌다. 촉촉한 공기는 비밀스러운 속삭임처럼 내 피부에 스며들었고, 깊은 산속 중세 마을의 풍경은 오래된 동화 속 한 장면처럼 마음 깊이 새겨졌다."

PROVENCE *Peillon* ●

06. | 봄비에 젖은 동화 속 산간 마을
     | 페용
     |
     | *Peillon*

페용(*Peillon*), 구름이 걷히고

페용(*Peillon*), 절벽 위 중세 마을

비가 그치고 하늘이 서서히 밝아 오자, 산비탈을 타고 흐르던 구름이 조금씩 걷히기 시작했다. 어렴풋이 보이던 마을의 실루엣이 점차 선명해지며, 마침내 산간 마을 페용 *Peillon*이 신비로운 모습을 드러냈다. 절벽 위에 자리 잡은 이 중세 마을은 마치 거대한 숲의 바다 위에 떠 있는 고요한 섬처럼 보였다.

마을에 첫발을 내디딘 순간, 머릿속에는 이미 수많은 사진 프레임이 떠오른다. 숲에서 나는 흙내음과 비릿한 풀잎 향기가 코끝을 스친다. 봄비에 젖어 더욱 짙어진 붉은 지붕과 윤기가 흐르는 돌벽은 중세 산간 마을의 매력을 한층 더 돋보이게 한다. 봄비의 흔적이 남아 있는 이 찰나의 아름다움을 놓칠세라, 설렘 가득한 마음을 안고 나는 마을 입구로 뚜벅뚜벅 걸음을 옮긴다.

마을에 들어서자 왼편에 자리한 거대한 비석이 눈길을 끈다. 처음에는 마을의 유래나 역사를 담은 기념비인 줄 알았지만, 가까이 다가가 비석에 쓰인 글귀를 읽는 순간 마음이 무거워졌다. 그것은 페용 출신 전사자들을 기리는 추모비였다. 비석에 새겨진 이름들을 하나하나 읽어 내려간다.

세인트 루이스 *Seitre louis*,
이사르디 토마스 *Isardi Thomas*,
아르노드 데지레 *Arnaude Desiré*,
파브르 조셉 *Fabre Joseph*···

페용*(Peillon)*, 산간 마을

1920년에 세워진 이 추모비에는 '제1차 세계대전(1914~1918)'에 참전한 용사들의 이름이 새겨져 있다. 이후 '제2차 세계대전(1939~1945)', '인도차이나 전쟁(1946~1947)', '알제리 전쟁(1956)' 등 여러 전쟁에서 전사한 명단이 덧붙여져 갔다. 24명의 전사자 중 특히 두 형제의 이름이 눈에 띈다. 형인 우발도 시리*UBALDO CIRRI*는 인도차이나 전쟁에서, 동생인 마르티알 시리*MARTIAL CIRRI*는 알제리 전쟁에서 생을 마감했다.

"이 작은 마을에서 수많은 젊은이들이 돌아올 수 없는 전쟁터로 떠났구나."

이곳 마을 사람들이 겪었을 아픔과 슬픔이 잠시나마 느껴진다. 그들은 소중한 사람들을 잃었고, 그 상실감은 시간이 지나도 이 마을의 일부가 되어 여전히 그 앞을 지키고 있다. 비에 젖어 반짝이는 비석과 그 위에 새겨진 이름들 속엔 얼마나 많은 이야기가 숨어 있을까?

페용(*Peillon*), 참전용사 추모비

페용(Peillon), 이야기 속으로

좁고 구불구불한 돌길을 따라 걷는다. 수백 년 동안 수많은 발걸음과 이야기를 품어온 듯, 매끄럽게 닳아 반들거리는 돌바닥이 그 긴 세월을 고스란히 전해 준다. 발걸음을 옮길수록 산간 마을 페용이 들려주는 이야기 속으로 점점 더 깊이 빠져든다. 이내 하늘에서 비가 다시 내리기 시작한다.

페이옹(Peillon), 삶의 흔적

페용(*Peillon*), 종소리

종소리

무너진 담벼락 끝에 매달려
바람에 흔들리는 작은 종 하나
적막한 페용의 골목길에
구슬픈 종소리가 울려 퍼진다

봄비에 젖어 반짝이는 마을
고요하게 울리는 종소리는
지나가는 낯선 이에게
마을의 이야기를 들려준다

전쟁을 품은 돌벽 사이로
희생된 영혼들의 속삭임
그들의 이름을 부르는 종소리는
평화의 메시지를 전한다

단지 철물의 울림이 아닌
희망을 염원하는 목소리
이 작은 종의 울림 속에
마을의 역사가 살아 숨쉰다

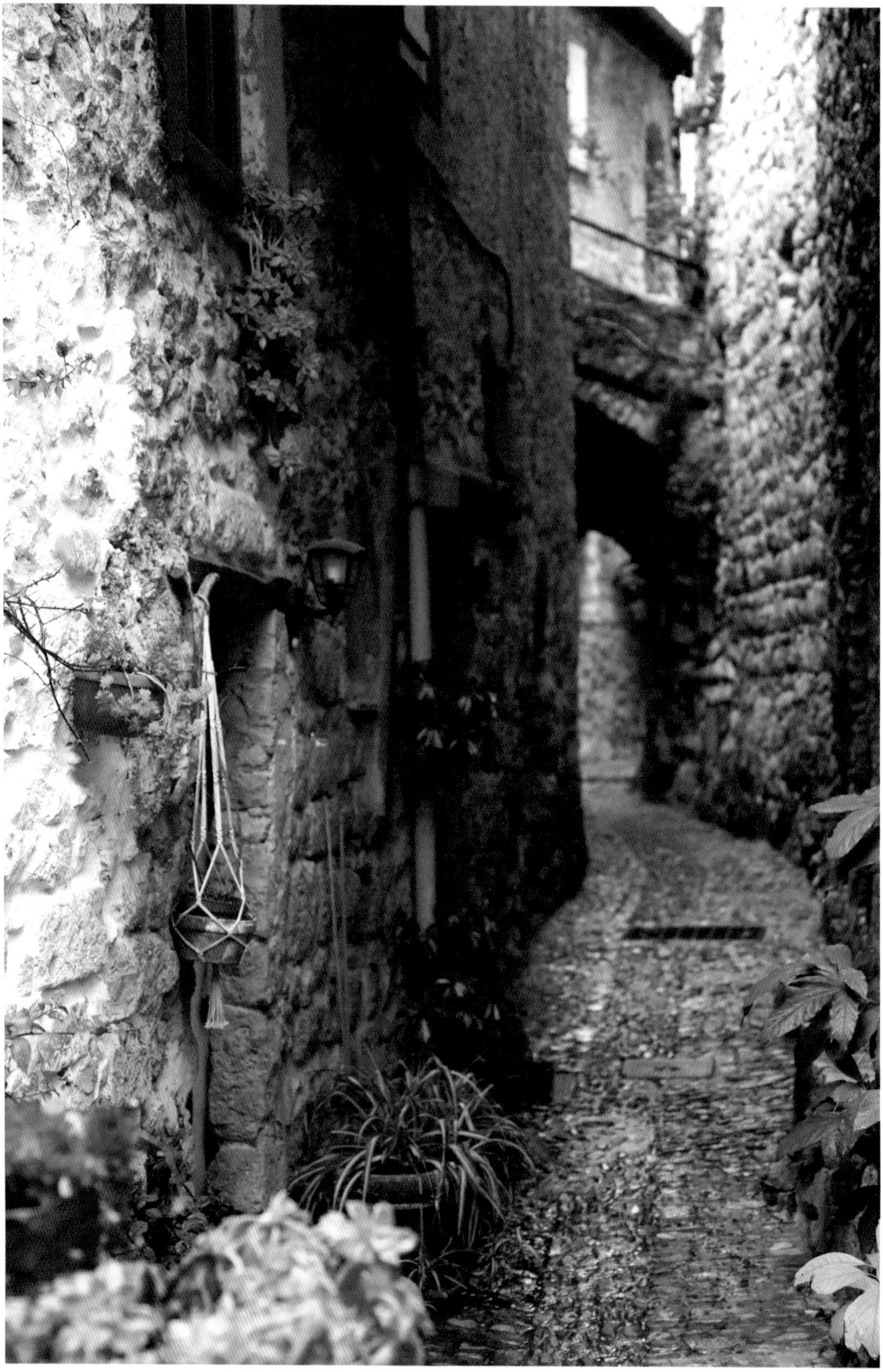

페옹(*Peillon*), 골목길

페이용(Peillon), 기다림

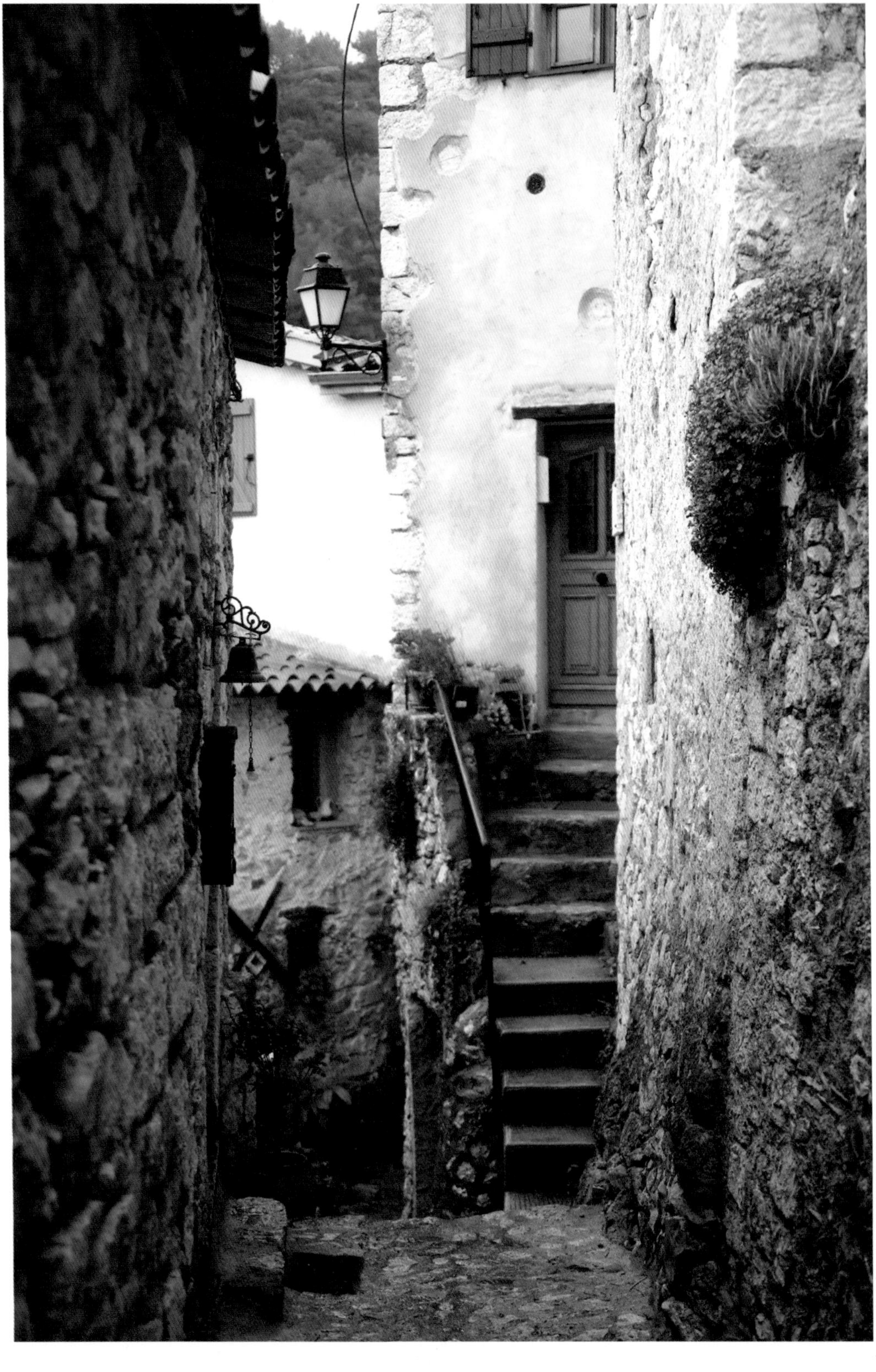

페용(*Peillon*), 제비꽃

페이옹(Peillon), 그 길

지금 내가 고요히 걷고 있는 이 골목길은
어느 먼 옛날에 어린 꼬마였던
루이스*Seitre Louis*가, 토마스*Isardi Thomas*가,
데지레*Arnaude Désiré*가, 조셉*Fabre Joseph*이
왁자지껄 떠들며 걸었던 그 길이다.

지금 내가 묵묵히 걷고 있는 이 인생길은
어느 먼 옛날에 어린 꼬마였던
내가, 내가, 내가, 내가
꿈꾸며 걷고 싶던 그 길일까?

"제비꽃*Violette*은 투렛쉬르루*Tourrettes-sur-Loup*를 상징하는 꽃이다. 매년 3월 첫 주말이면 이곳에서 열리는 '제비꽃 축제'로 마을 전체가 들썩인다. 상쾌한 봄바람이 불어오는 이 계절, 마을은 온통 은은한 제비꽃 향기로 가득 차고, 거리는 화사한 보랏빛 물결로 넘실거린다."

PROVENCE
Tourrettes-sur-Loup

07. | 보랏빛 제비꽃의 도시
투렛쉬르루

Tourrettes-sur-Loup

투렛쉬르루(*Tourrettes-sur-Loup*), 파노라마

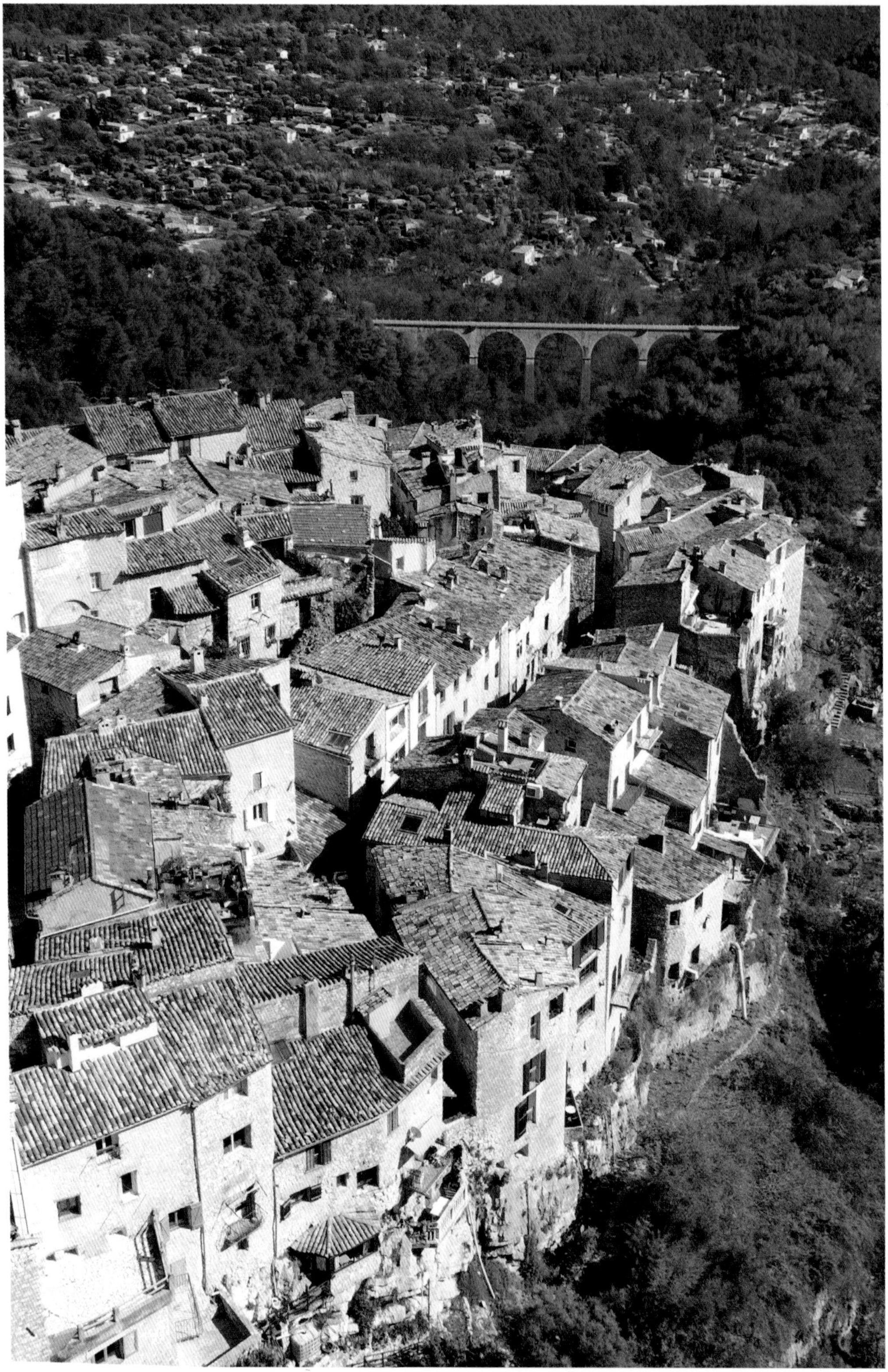

투렛쉬르루(*Tourrettes-sur-Loup*), 리틀 생폴드방스

투렛쉬르루(*Tourrettes-sur-Loup*), 역광

'늑대'란 뜻의 루*Loup*, '루 계곡 위에 탑*Tourrettes*'이란 뜻의 투렛쉬르루*Tourrettes-sur-Loup*.

마을 이름에서 짐작할 수 있듯이, 투렛쉬르루는 늑대가 서식할 만큼 험준한 산악지대에 방어 목적의 탑들로 둘러싸인 중세 성곽 마을이다. '제비꽃 도시'로도 알려진 이곳에 첫발을 내딛는 순간, 이 마을이 왜 '리틀 생폴드방스*Saint-Paul-de-Vence*'로 불리는지 단번에 알 수 있었다.

마을 전체가 예술적 영감으로 가득해 자연스레 생폴드방스를 떠올리게 한다. 이곳에서도 많은 예술가들이 작은 작업실을 열고 창작의 열정을 이어가고 있다. 작고 아늑한 갤러리와 공방들이 곳곳에 자리하고 있어 그들의 작품을 쉽게 마주할 수 있다. 창문 너머로 보이는 그림과 작업에 몰두하는 예술가의 모습이 여행의 즐거움을 한층 더해 준다.

투렛쉬르루(*Tourrettes-sur-Loup*), 보랏빛 꽃(캄파눌라)

순수한 사랑, '제비꽃*Violette*'

늦은 3월, 투렛쉬르루를 찾았을 때는 이미 제비꽃 축제가 끝난 뒤였다. 그러나 마을 곳곳에 은은히 남아 있는 제비꽃의 여운은 내 마음을 흔들기에 충분했다. 이곳의 제비꽃은 10월부터 3월까지 작은 계단식 밭에서 자라며, 자연이 건네는 보랏빛 보석처럼 소박하고 고운 자태로 피어난다. 이 아름다운 꽃들은 주로 향수와 과자의 재료로 사용되지만, 크리스마스와 밸런타인데이 사이에는 한 송이 한 송이 정성스럽게 묶여 사랑을 전하는 꽃다발이 된다.

달콤한 사랑, '제비꽃 누가*Violette Nougat*'

계란 흰자와 설탕 시럽으로 만든 부드러운 누가는 아몬드의 고소함과 설탕에 절인 제비꽃의 향긋함이 완벽하게 어우러진 당과이다. 오븐에서 갓 구워낸 '제비꽃 누가'를 한 입 베어 물자, 제비꽃의 달달한 향이 입안 가득 퍼진다. 바람이 살며시 불어올 때마다 보랏빛 꽃의 향연이 펼쳐져, 거대한 꽃다발 속에 있는 듯한 착각을 불러일으킨다. 나는 투렛쉬르루의 봄날에 완전히 매혹되어, 그 속에 녹아든다. 제비꽃 누가처럼.

투렛쉬르루(*Tourrettes-sur-Loup*), 보랏빛 꽃(에기욤 간디칸스)

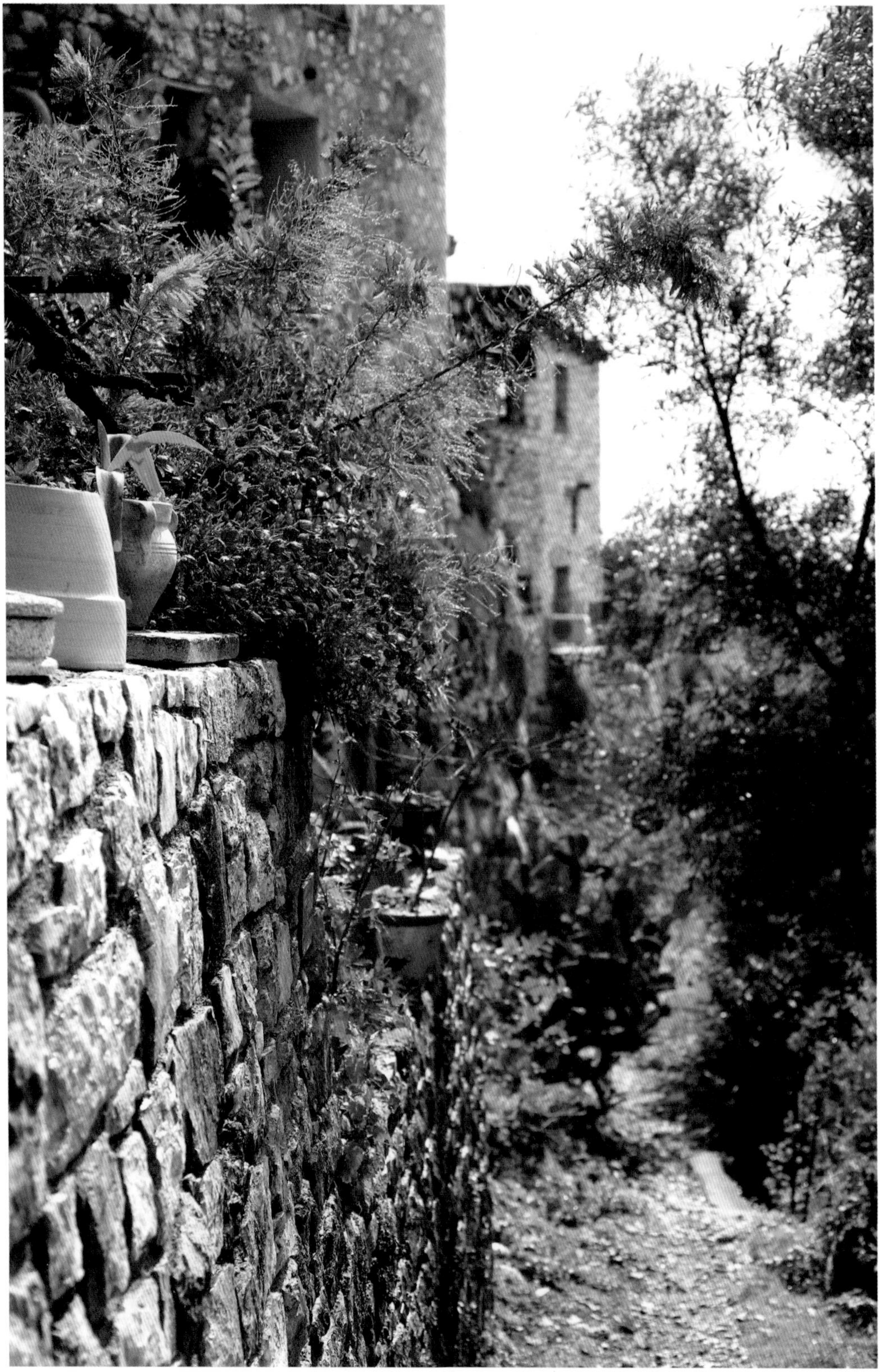

투렛쉬르루(*Tourrettes-sur-Loup*), 성곽 아래 봄길

투렛쉬르루(*Tourrettes-sur-Loup*), 항아리

투렛쉬르루(*Tourrettes-sur-Loup*), 옛길

투렛쉬르루(Tourrettes-sur-Loup), 설렘

가끔, 가슴 설레게 하는 길이 있다.

저 너머에 누가 있기에.

투렛쉬르루(Tourrettes-sur-Loup), 봄날을 움켜쥔 아이

봄날을 움켜쥔 아이

돌담 너머로 스며드는 햇살
봄날을 움켜쥔 아이의 손길
꽃잎이 조용히 피어나는 소리
화사한 봄을 마음속에 담는다

돌담 너머로 스며드는 바람
봄날을 움켜쥔 아이의 눈길
셔터를 조용히 누르는 소리
찬란한 봄을 사진속에 담는다

사진을 찍는 동안, 나도 아이가 된다

"색상 연구 · 개발 기업 팬톤*PANTONE*이 지정한 2024년 컬러는 '피치퍼즈*Peach Fuzz*'로, 자연스럽고 따뜻한 복숭아빛을 닮은 색이다. 그라스*Grasse*는 피치퍼즈 컬러를 연상시키는 친근하고 부드러운 색감의 집들이 조화롭게 어우러진 도시다. 예술가에게 던져진 환상적인 팔레트 같은 곳이라고 해야 하나. 가죽에 향을 입히기 위해 발전해 온 향수의 헤리티지*Heritage*가 살아 숨 쉬는 그라스는 나의 상상력을 최고치로 끌어올린다.

PROVENCE

Grasse

08. | 봄꽃 향이 가득한
향수의 도시 그라스

Grasse

그라스(Grasse), 도시 풍경

그라스에 오면, 누구나 이 소설이 떠오른다.
패트릭 쥐스킨트Patrick Süskind가 쓴 소설,
《향수: 어느 살인자의 이야기
Perfume: The Story of a Murderer》

그라스에 오면, 나는 프랑스의 초기 사진작가
샤를 네그르Charles Nègre가 떠오른다.

고풍스러운 중세 도시 그라스Grasse에는 눈에 띄는 흰색 건물이 하나 있다. 바로 '샤를 네그르 미디어 도서관
Médiathèque Charles Nègre'이다. 이 건물은 주변의 전통적인 건축물들과는 대조적으로 현대적인 디자인으로 지어졌다.
하얀 직선과 날카로운 모서리가 그라스의 부드럽고 따뜻한 색조와 뚜렷하게 대비된다. 처음 이 건물을 보았을 때,
나는 이질적인 특별함을 느꼈다. 마치 오래된 예술 작품 속에 불쑥 끼어든 현대미술 조각처럼.

그라스(*Grasse*), 향수의 도시

그라스(Grasse), 샤를 네그르 벽화

이 도서관에 이름을 내어준 샤를 네그르Charles Nègre는 그라스 출신의 초기 사진작가로, 회화와 사진을 결합한 작품들로
유명하다. 그는 예술과 기술의 융합을 통해 초기 사진예술의 경계를 확장시킨 혁신적인 예술가다. 그의 작업은 사회적
현실과 인식을 포착하고 예술적 아름다움을 담아내는 데 중점을 두었다. 사진이라는 새로운 매체를 통해 우리가 보는
세상을 새롭게 바라보고, 그 안에 숨겨진 이야기와 감정을 담아내고자 했다.

그라스(Grasse), '불눈물'

수년 전, 나는 게티 미술관*J. Paul Getty Museum*에서 '샤를 네그르' 컬렉션을 감상할 기회를 가졌다. 그의 사진 속 인물들의 눈빛, 고요한 풍경의 디테일, 그리고 건축물의 웅장함은 단순한 기록을 넘어 깊은 감동을 안겨주었다. 사진 한 장 한 장 마다 그 시대의 숨결과 예술가의 혼이 깃들어 있는 듯했다.

전 세계에서 가장 아이코닉한 향수인 샤넬 n°5의 주원료인 메이로즈와 자스민이 이곳 그라스에서 엄격하게 재배된다. 메이로즈가 만개하는 5월과 자스민 축제가 열리는 8월은 그라스에서 가장 아름다운 계절로 꼽힌다. 장미와 자스민 같은 향수의 원료가 되는 꽃들은 강렬한 향기를 뿜어내지만, 그 향기는 단 몇 시간 안에 사라지기 때문에 해가 뜨는 이른 아침에만 수확해야 한다. 그 순간에만 꽃에서 가장 진하고 순수한 향을 얻을 수 있기 때문이다.

장미, 라벤더, 자스민, 오렌지 블라썸, 그리고 야생 미모사 같은 향기로운 꽃들을 자연과 함께 재배해 온 그라스 사람들. 향기로운 역사를 이어오고, 이를 산업으로 발전시켜 온 그들의 끈기와 정성은 놀랍고도 인상 깊다. 남프랑스의 따스한 햇살과 풍요로운 토양이 주는 여유로움 속에서, 그라스 사람들의 향수에 대한 강박적인 집념은 역설적인 뉘앙스 차이로 다가온다.

그라스(Grasse), 일상

그라스(Grasse), 향수 공장

그라스(Grasse), 오메르 향수 토이토이토이

그라스는 '향수의 고장'에 걸맞게 프라고나르*Fragonard*, 갈리마르 *Galimard*, 몰리나르*Molinard*와 같은 대표적인 퍼퓨머리*Perfumery*들을 품고 있다. 이들은 17세기경 처음 개발된 추출법, 증류법, 그리고 포르말린법과 같은 전통적인 방식으로 수 세대에 걸쳐 향수를 생산해 왔다.

그라스 도심에 위치한 프라고나르 향수 공장을 방문하면 특별한 경험을 할 수 있다. 향수 공방에서는 나만의 개성이 담긴 향수를 직접 만들어 볼 수 있으며, 1층에 있는 향수 박물관에서는 전통적인 향수 제조 과정을 견학할 수 있다. 또한, 박물관에는 그라스 출신 화가 장 오노레 프라고나르*Jean-Honoré Fragonard*의 작품 13점이 전시되어 있어 예술적 감동도 함께 느낄 수 있다.

사람을 만났을 때 자신의 취향과 존재를 가장 온전히 표현할 수 있는 것은 바로 '향기'다. 은유적이면서도 매혹적인 향기는 마치 '신분증' 처럼 강렬하게 이미지를 각인시킨다. 기억을 불러일으키는 감각 중 향기만큼 강렬한 것이 또 있을까? 향기는 우리의 기억과 감정 속으로 깊이 파고들어 원하는 감각을 섬세하게 자극한다.

나는 향수를 선택할 때 향에 담긴 추억과 감성을 스토리로 함께 경험하는 걸 좋아해서, 프랑스 자연주의 니치*Niche* 향수 브랜드 '오르메 *ORMAIE*'를 애용한다. 예를 들어, 창업자 밥티스트*Baptiste*가 프로방스에서 함께한 아버지를 추억하며 만든 라벤더 향 '르 파상*Le Passant*' 이나, 무대 위에서 자유롭게 춤추는 무용수의 향을 표현한 '토이토이토이*TOI TOI TOI*'처럼 시적이고 인문학적인 요소가 담긴 향들은 서로 다른 시간과 공간을 추억하게 해준다.

'뱅트위트 데그레*Vingt-Huit Degrés*'는 프랑스 남부의 여름밤 튜베로즈 정원에서 영감을 얻어 만든 향수로, 산책하기 좋은 온도인 28도에서 이름을 가져왔다. 이 향수의 보틀캡은 여름에 쓰는 흰색 모자를 연상시키는데, 프랑스 시인 랭보*Arthur Rimbaud*의 시 구절 '여름의 하얀 태양'에서 모티브를 얻었다니 재치와 발랄함이 느껴진다. 나는 이렇게 세상을 바꾸는 발랄함을 사랑한다.

그라스의 곳곳에 스며든 향취는 로맨티시즘이 점점 사라지는 우리에게 꼭 필요한 감각이며, 디지털화가 깊어질수록 더욱 그리워지는 아날로그적 경험이기도 하다. 고전적이면서도 친숙한 장미는 오랫동안 수많은 의미로 사랑받아 왔지만, 때로는 진부한 '클리셰*Cliché*'처럼 굳어버리기도 한다. 그럼에도 불구하고, 여전히 매혹적인 장미의 섬세한 꽃잎을 어루만지며 내 안의 로맨스를 떠올려 보고 싶다. 그라스의 향기 속에서, 클리셰가 돼 버린 내 안의 감성을 일깨운다.

그라스(*Grasse*), 장미빛 건물

그라스(Grasse), 낡음

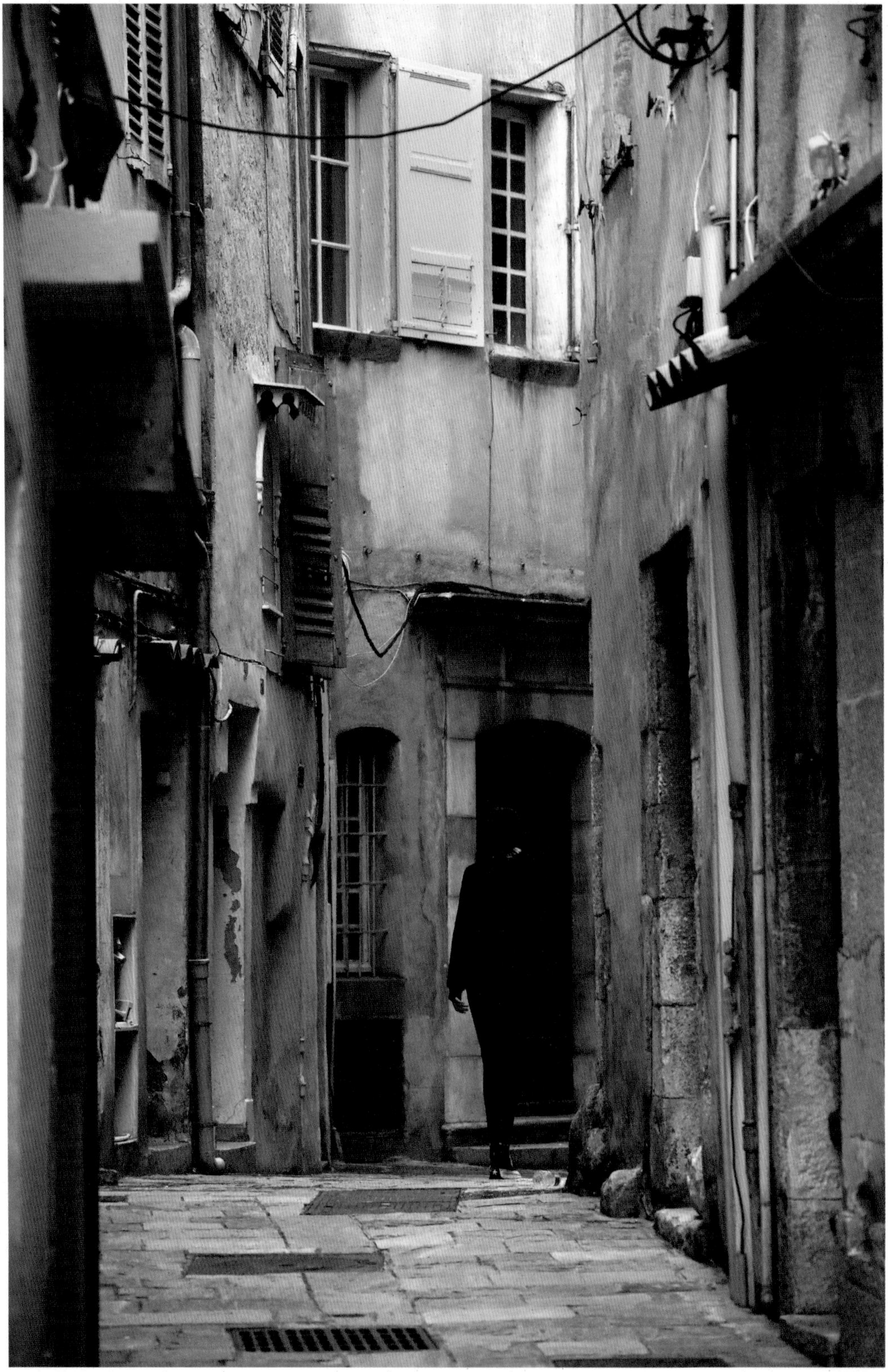

그라스(Grasse), 뒷모습

그라스(Grasse), 그르누이의 도시

《향수: 어느 살인자의 이야기》는 18세기 프랑스를 배경으로 향수 제작에 천재적인 재능을 가진 살인마 장바티스트 그르누이 *Jean-Baptiste Grenouille*의 이야기를 다룬, 독일 작가 패트릭 쥐스킨트*Patrick Süskind*가 1985년에 발표한 소설이다.

그라스의 향기로운 꽃밭, 그르누이의 도시

그는 자스민과 장미의 달콤한 향기 속에서 인간의 본질을 찾으려 했을까? 그의 어두운 탐구는 그라스의 밤하늘을 은은히 물들인다. 향기의 정수를 찾아 방황하던 그의 이야기는 그라스의 고풍스러운 풍경 속에 숨겨진 비밀로 남아 있다.

나는 그르누이를 찾아 어두운 골목길을 걷는다. 그가 걸었을, 낡고 음침한 그 길을 얼마나 헤맸을까? 마침내 그와 마주친다. 그리고 그의 모습을 필름에 담는다. 뷰파인더를 볼 여유도 없이 셔터를 누른다. 사진은 찰나의 순간에, 우연히 이루어지는 감각적 상상의 창조물이기에, 나는 사진이 좋다.

"앙티브Antibes 해변에 서서 바다를 바라본다. 윙윙, 거센 소리를 내며 바닷바람이 불어온다. 휘몰아치듯 몰려오는 파도가 도시의 성벽을 힘차게 두드린다. 봄바람에 사나운 너울이 일던 날, 앙티브에서 나는 진정한 아름다움을 만난다. 그 순간의 여운이 아직도 내 주변에 아련히 남아 있다."

PROVENCE

Antibes

09. | 봄바람에 사나운 너울이 일던
     | 앙티브

Antibes

앙티브(*Antibes*), 너울

앙티브(Antibes), 하얀 물방울

하얀 물방울

소란한 바다의 속삭임이
앙티브의 봄바람에 실려 오고
파도는 바위에 부딪혀
하얀 물방울이 되어 날아오른다

너울 속에 숨겨진
고요한 찰나의 아름다움이
비에 젖은 눈망울에
흰빛 물결로 영원히 남는다

그리말디 성*Château Grimaldi*을 배경으로 카메라를 들고 서 있다. 먼 바다로부터 거센 바람이 몰아치듯 불어온다. 사나운 너울이 바위에 부딪히는 순간, 수천 개의 하얀 물방울이 사방으로 흩어지며 하늘을 가득 메운다. 물보라의 붓터치는 신인상주의 화가의 점묘화가 되어 렌즈 위에 점점이 맺힌다.

하얀 물방울이 렌즈를 타고 서서히 흘러내린다. 찰나의 순간을 놓치지 않으려 셔터를 급히 누른다. 지금 이 순간, 살아 숨 쉬는 모든 감정이 오롯이 사진에 담긴다. 온몸이 물보라에 흠뻑 젖었지만, 그 순간의 아름다움이 내 영혼을 사로잡는다. 하얀 물방울 사이로 아련히 드러난 그리말디 성은 그 자체로 신비롭고 경이롭다.

앙티브의 피카소 미술관*Musée Picasso*

1946년 어느 가을, 파블로 피카소*Pablo Picasso*는 전쟁의 혼란에서 벗어나고자 파리를 떠나 평온하고 아름다운 앙티브로 와서 창작의 영감을 이어가고자 했다. 그는 앙티브시 소유의 그리말디 성에서 작업할 기회를 얻었고, 그곳에서 작업한 23점의 회화와 44점의 드로잉을 앙티브시에 기증했다. 그해 겨울이 시작될 무렵 그는 이곳을 떠났고, 그의 기증 덕분에 그리말디성은 오늘날의 '피카소 미술관'으로 변모할 수 있었다.

이후 피카소는 프랑스 남부 여러 지역을 여행하다가, 1948년 도자기마을로 유명한 발로리스*Vallauris*에 정착했다. 다가오는 프로방스의 가을, 피카소의 자취를 따라 발로리스로 가보려 한다. 이곳에서 카페발랑솔*Cafe Valensole*에 어울리는 접시 디자인에 대한 영감을 얻길 기대한다. 피카소가 남긴 도자기 작품과 그곳의 예술적 분위기 속에서.

앙티브(*Antibes*), 비에이 앙티브(*Vieil Antibes*)

비가 막 그친 순간, 나는 그리말디 성과 앙티브 대성당 앞에 서서 카메라를 든다. 신선한 공기와 봄비의 잔향이 나에게 새로운 에너지를 불어넣어 준다. 거친 바람 속에서도 당당히 서 있는 앙티브의 두 거인은, 어떤 자연의 위협에도 굴하지 않는 역사적 위엄을 자랑한다.

앙티브 올드타운인 비에이 앙티브*Vieil Antibes*에는 붉은 기와지붕 집들이 가지런히 늘어서 좁은 골목길과 어우러지며, 피카소의 추상화처럼 복잡하면서도 조화로운 풍경을 만들어 낸다. 성벽 너머로 보이는 푸른 지중해는 피카소가 사랑했던 자연의 푸른 색채를 떠올리게 한다. 먹구름 사이로 살며시 드러난 봄 햇살이 비에이 앙티브를 부드럽게 물들인다. 이런 변덕스러운 날씨를 두고 '호랑이 장가가는 날'이라 부르던가?

앙티브(*Antibes*), 피카소 미술관

피카소의 이야기가 궁금해 찾아온 앙티브. 그날 따라 촉촉한 봄비가 내렸고, 나는 어느 허름한 와인 가게 앞에서 발걸음을 멈춘다. 빛바랜 오크통 위에 놓인, 추억을 부르는 와인 한 병이 눈에 들어온다. 이렇게 귀한 와인이 아무렇게나 놓여 있다니, 역시 프랑스는 와인의 천국인가 보다.

앙티브(*Antibes*), 〈페리에주에 샹페뉴〉

페리에주에*Perrier-Jouët*가 만든 '벨에포크' 샴페인

프랑스의 상징적인 패션 디자이너 코코 샤넬*Coco Chanel*, 할리우드의 전설적인 배우 마릴린 먼로*Marilyn Monroe*와 그레이스 켈리*Grace Kelly*, 영국의 전설적인 가수 엘튼 존 *Elton John*이 사랑한 샴페인이 바로 페리에주에의 '벨에포 크*Perrier-Jouët Belle Epoque*'다.

페리에주에*Perrier-Jouët*는 1811년에 프랑스 샹파뉴 *Champagne* 지역의 에페르네*Épernay*에서 설립된 유서 깊 은 샴페인 하우스로, 뛰어난 품질과 예술적 디자인을 갖 춘 '벨에포크*Belle Epoque*' 샴페인으로 잘 알려져 있다. 특 히, 하얀 아네모네*Anemone* 꽃이 새겨진 벨에포크 라벨은 이 샴페인의 상징과도 같다.

벨에포크는 19세기 말부터 20세기 초까지 유럽의 문화 적 번영기를 뜻하는, 이른바 '아름다운 시대'를 의미한다. 1902년, 아르누보*Art Nouveau* 화가 에밀 갈레*Émile Gallé* 는 이 샴페인의 아로마에서 영감을 얻어 아네모네 꽃 문 양을 디자인했다. 그의 섬세한 꽃 문양이 병을 감싸고 있 어, 벨에포크는 자연스레 '샴페인의 꽃'이라는 별칭을 얻 게 되었다.

벨에포크 샴페인은 은은하게 피어오르는 자스민 향이 매 력적이다. 시간이 흐를수록 허니서클, 아몬드, 브리오슈 와 같은 고소한 향이 배어 나와 페어링이 까다로운 음식 과도 잘 어울린다. 부드러운 버블과 크리스피한 미감이 돋보이고, 달콤하면서도 세련된 우아미를 함께 느낄 수 있어 내가 가장 좋아하는 샴페인이다.

그 옆에 놓인 '벨에포크 블랑드블랑*Belle Epoque Blanc de Blancs*'은 '옐로우 다이아몬드'라는 별명처럼, 아네모네 가 그려진 투명한 보틀 속에 금빛 물결이 찰랑이는 사랑 스러운 고급 샴페인이다. '블랑드블랑'은 순수한 샤르도네 *Chardonnay* 포도로만 만들어, 순백의 품격을 더한 고급 샴페인이다. 비 내리는 앙티브 거리에서, 벨에포크 한 잔 에 빠져든다. 스파클링한 버블 사이로 전해 오는 자스민 향에, 잊고 지내던 옛 추억이 몽글몽글 피어오른다.

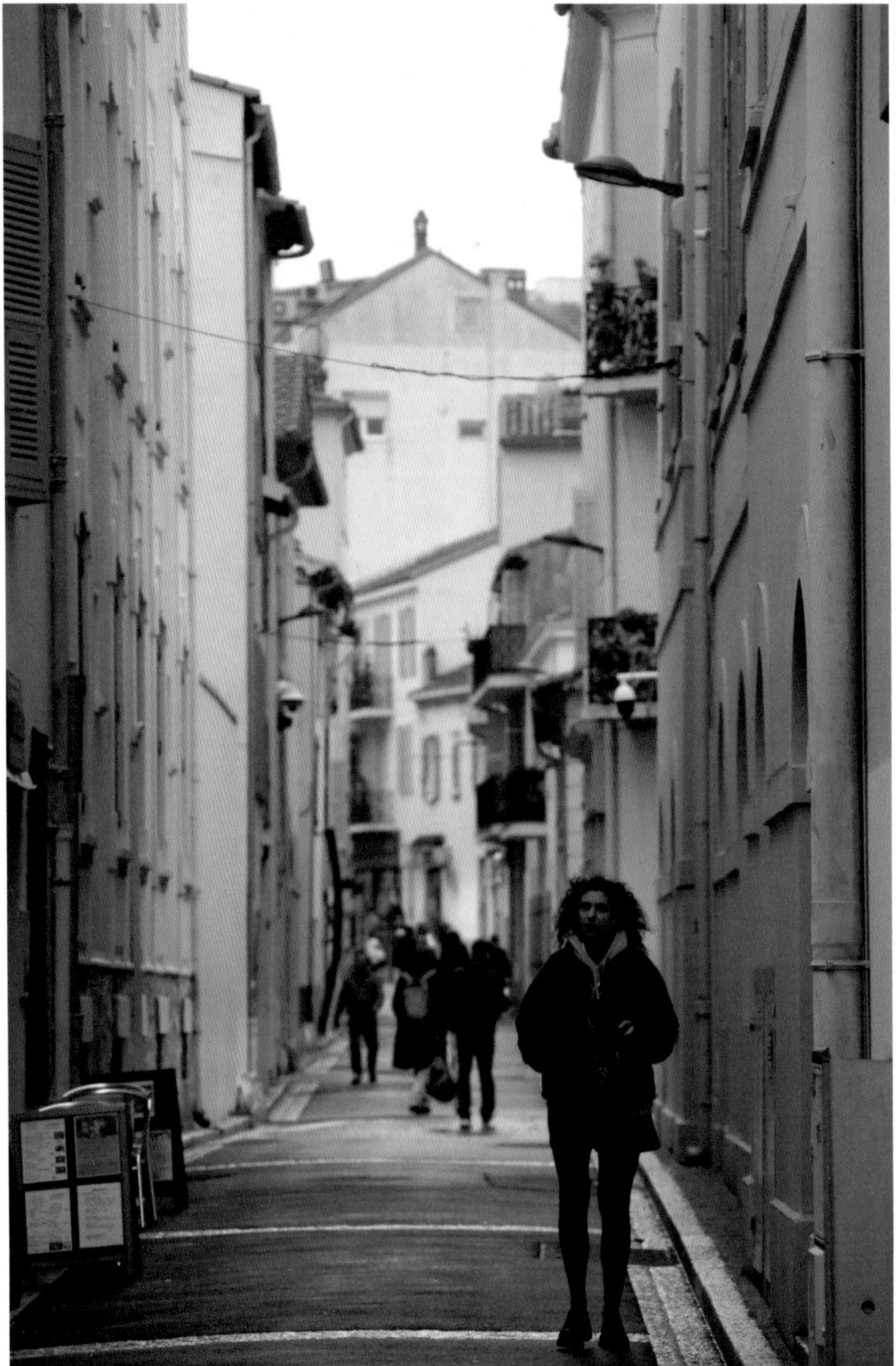

앙티브(*Antibes*), 걷다

앙티브(*Antibes*), 거리에서

사진작가의 시선

사진작가의 시선을 갖게 된 이후로, 즐겁고 행복해 보이는 풍경이, 외롭고 아파 보이는 장면이 저절로 프레임을 만들어 망막에 맺힌다. 프레임 속 주인공에 감정이 투사되고, 그가 주인공인 나만의 이야기를 쓰게 된다. 찰칵이는 셔터 소리와 함께 그의 짧은 이야기가, 아니, 나의 길고 어렴풋한 이야기가 완성된다. 그러고 나면 깊은 여운이 내 마음 어딘가에 남아 나를 즐겁게도, 나를 행복하게도, 나를 외롭게도, 나를 아프게도 한다.

그래서 사진을 오래 찍다 보면 마음이 아려와, 어느새 카메라 전원을 꺼버린다. 저 먼 기억 속에 못다한 이야기가 남아 있는 걸까? 아련한 생각은 잠시 접어 두고, 그저 발길 닿는 대로 걷는다. 비에 젖은 돌길 위로 은은한 봄의 향기가 감돈다. 상점이 늘어선 거리는 더욱 생기 넘치고, 사람들은 각자의 일상을 이어간다.

앙티브(*Antibes*), 앙티브 대성당

앙티브(*Antibes*), 저녁식사

부야베스의 따뜻한 위로

온몸이 비에 젖었던 어느 날, 앙티브의 한 식당에서 따뜻한
부야베스*Bouillabaisse*를 만났다. 부야베스는 프로방스 지역
의 전통 해산물 스튜로, 이곳의 풍부한 해산물과 향신료가
어우러져 탄생한 요리다. 비를 맞고 온 탓에 그날 저녁은 몹시
춥게 느껴졌지만, 정성스럽게 준비된 부야베스 한 그릇은
몸뿐만 아니라 마음까지 따뜻하게 위로해 주었다.

셰프의 손길이 닿아 반짝이는 구리 냄비에는 나를 위해 특
별히 준비된 부야베스가 담겨 있다. 뚜껑을 열자마자 진한
해산물 국물 냄새가 앙티브의 사나운 너울처럼 퍼져 나간다.
부드럽게 익은 생선과 조개, 신선한 허브가 어우러진 이
요리는 셰프의 정성과 열정을 고스란히 품고 있다.

"그래, 프로방스의 행복이 여기
'부야베스'에 녹아 있구나."

거리에서 마주친 사람들의 수줍은 미소는 남프랑스가 건네는 따뜻한
인사처럼 느껴진다. 싱그러운 봄 햇살이 비에 젖은 거리를 환하게 비춘다.
천재 화가 피카소도 이곳 앙티브의 미소를 사랑했겠지.

앙티브(Antibes), 소녀의 미소

앙티브(*Antibes*), 안녕 앙티브

안녕, 앙티브. 안녕, 프로방스의 봄

이곳에서 보낸 순간들은 언제나 내 마음속에 남아 있다. 사람들의 미소와 따뜻한 봄날의 앙티브를 기억하며, 다시 이곳으로 돌아올 날을 기약한다. '프로방스의 봄'이 저무는 가운데 나는 다시 니스 공항으로 향한다. 프로방스의 여름을 기다리며.

L'ÉTÉ EN PROVENCE

2

프로방스의 여름

보라색 물감을 풀어 놓은 라벤더 평원

리에 *Riez* — 생트크루아드베르동 *Sainte-Croix-du-Verdon* — 바농 *Banon* — 쏘 *Sault*

발랑솔(Valensole), 라벤더밭

태양을 도는 지구의 춤사위, 기울어진 자전축이 빚어 낸 계절의 변주곡. 햇살이 가파르게 내리쬐는 이 순간, 나는 '프로방스의 여름' 한가운데 서 있다. 뜨거운 햇볕이 대지를 감싸고 라벤더밭은 보랏 빛으로 일렁인다.

고흐가 머물렀던 생폴드모솔Saint-Paul-de-Mausole 수도원의 라벤더밭과 고르드 세낭크Sénanque 수도원의 신성한 보랏빛 정원. 새벽빛에 물든 마노스크Manosque의 서정적인 풍경과 끝없이 펼쳐진 발랑솔 평원Valensole Plateau의 웅장한 라벤더 물결. 치즈마을 바농Banon의 향긋한 라벤더 들판과 방투산 아래 보라빛을 품은 쏘Sault의 허브 언덕.

나는 여름 열기와 향기로 가득한 이곳에서, 보랏빛 라벤더의 황홀한 향연 속으로 빠져든다.

나는 꿈을 채색하는 화가다. 꿈을 그리는 한, 내 인생은 한여름의 절정에 머문다. 그 여름의 한복판에는 내가 만들어 갈 카페발랑솔*Cafe Valensole*이 자리하고 있으며, 그곳에는 황금빛 꿈이 숨어 있다. 그 꿈에 이끌려 찾아온 발랑솔 평원은 나만의 경건한 '성지순례지'다. 마침내 그곳에 서는 순간, 나는 마치 신의 영역에 들어선 듯 경외와 아름다움에 압도된다.

창문을 연다. 라벤더 향이 차 안을 가득 채운다. 바람소리, 새소리, 그리고 내가 내뱉는 숨소리만이 주변을 감싼다. 카메라를 손에 쥐고 라벤더밭으로 한 걸음 내디딜 때마다 라벤더 잎사귀가 바스락거리는 소리가 발밑에서 느껴진다. 바람길을 따라 라벤더 꽃들이 춤추며 그윽한 향기를 흩뿌린다. 이 보랏빛 여름바다 한가운데서, 나는 '황금빛 꿈'을 낚으려는 무모한 어부가 된다.

《자화상, 1887》

태양의 화가, 고흐

고흐는 태양의 화가라 불린다. 그의 작품에는 언제나 강렬한 여름 햇살이 스며 있다. 샛노란 해바라기와 짙푸른 하늘, 빛나는 밀밭은 여름의 뜨거운 열기와 생동감을 고스란히 담아 낸다. 그의 붓끝에서 탄생한 풍성한 색채들은 여름의 찬란함을 온전히 드러내며, 보는 이에게 강렬한 에너지를 전한다.

'프로방스의 여름', 라벤더 향이 가득한 보랏빛 바다로의 항해는 고흐의 예술혼이 숨 쉬는 황금빛 도시, 아를*Arles*에서 시작된다.

"작열하는 태양이 '프로방스의 여름'을 황금빛으로 물들인다. 구불구불한 들판 길을 지나 아름드리 플라타너스 나무가 줄지어 서 있는 아를*Arles*에 도착한다. 태양의 질감과 바람의 향기가 낯설게 느껴진다. 모든 풍경이 새롭게 다가온다. 빛바랜 테라코타 지붕들은 따스하고, 서로 다른 채도의 다채로운 대문과 집 앞에 놓인 허브 화분들은 고유한 매력을 뽐낸다. 내 삶이 단색이 아닌 것처럼 아를의 빛과 색도 시시각각 변화하며 반짝인다."

PROVENCE

Arles

10. | 고흐의 영혼이 타오른
      황금빛 여름 아를

Arles

아를(*Arles*), 한여름의 고독

아를(ARLES), 원형 경기장

아를(Arles), 론강

빈센트 반 고흐Vincent van Gogh의
예술혼이 아로새겨진 곳, 아를Arles

원형 경기장에 첫발을 디디는 순간, 고대 로마의 영광과 쇠락이 떠오른다. 마치 고흐의 생애처럼. 그도 나처럼 이곳을 거닐며, 소멸되어 가는 빛의 순간을 상상하지 않았을까? 얼마 남지 않은 시간 속에서, 마지막 혼신을 다해 그가 갈망하던 세상을 화폭에 담았으리라.

론강의 물결이 부서지는 소리가 귓가에 울린다. 고흐가 이곳에서 느꼈을 평온함과 동시에 밀려오는 불안감이 강바람에 실려 전해 온다. 론강의 별이 빛나는 밤 속에서, 그의 영혼은 고요한 물결에 비친 별빛을 통해 잠시나마 위안을 찾았으리라. 오래전, 오르세 미술관Musée d'Orsay에서 고흐의 작품《론강의 별이 빛나는 밤Starry Night Over the Rhône, 1888》앞에 서서 나 또한 깊은 위안을 얻었다. 그 순간부터 나는 그의 열렬한 벗이 되었고, 지금 이 순간도 고흐가 머물던 론강에 서서 다시 한번 그를 떠올린다.

아를(*Arles*), 랑글루아 다리(*Pont de Langlois*)

아를(*Arles*), 반 고흐 카페(*Café Van Gogh*)

고흐는 삶의 굽이진 길목에서 새로운 빛을 찾아 남부 프랑스의 작은 도시, 아를로 향했다. 북부의 회색 하늘 아래서 그의 영혼은 서서히 잠식되어 갔고, 강렬한 색채와 따스한 햇살이 그를 일깨워 주길 갈망했다. 파리의 분주한 거리와 무채색 풍경에서 벗어나기 위해, 고흐는 남쪽으로 향하는 기차에 몸을 실었다. 1888년 2월 어느 날에.

이 도시는 그의 예술과 고통, 그리고 치유의 흔적이 깃든 장소로 가득하다. 아를 운하에 자리한 목재 도개교 '랑글루아 다리*Pont de Langlois*', 《밤의 카페 테라스*Café Terrace at Night*》의 무대가 된 '포럼 광장의 카페*Café Van Gogh*', 그의 상처와 치유가 깃든 병원이던 '반 고흐 문화센터*L'espace Van Gogh*', 폴 고갱*Paul Gauguin*과 함께 예술적 영감을 나누던 '노란집*The Yellow House*'. 이곳에서 고흐는 내면의 주관적인 색채를 탐구하며, 자신의 예술과 삶의 새로운 장을 열어 간다.

아를(Arles), 고흐가 치료받던 병원(L'espace Van Gogh)

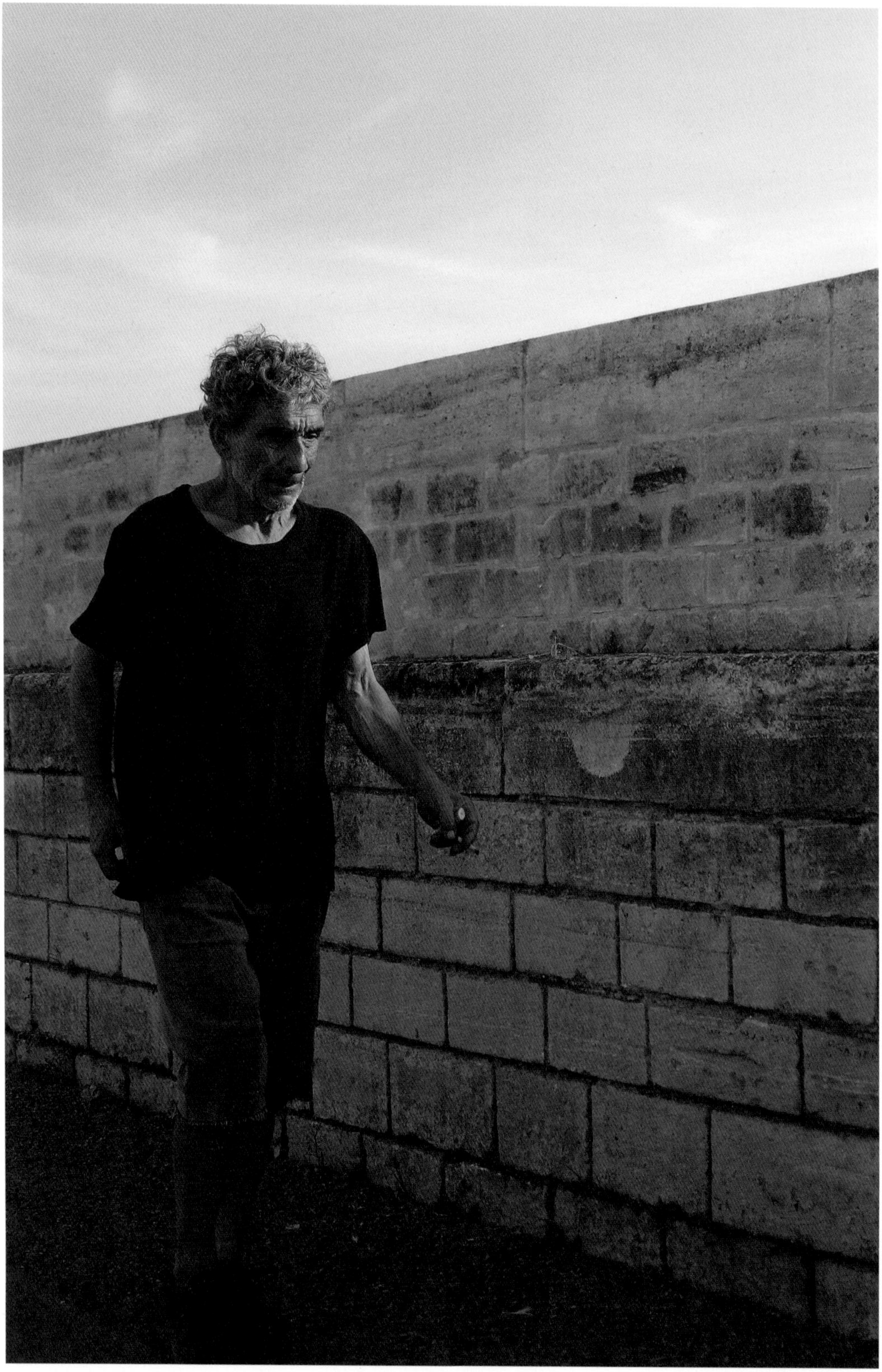

아를(*Arles*), 둑길을 걷는 남자

'노란집'에서 고흐는 고갱과 함께 예술적 협력을 꿈꾸며 머물렀다. 그러나 예술적 견해 차이는 결국 두 사람 사이에 깊은 갈등의 씨앗을 뿌렸다. 격렬한 다툼 끝에 고흐는 극도의 혼란과 고통을 느끼며, 충동적으로 자신의 왼쪽 귀를 면도칼로 자르게 된다. 그의 열렬한 후원자인 동생 테오*Theo van Gogh*와 나눈 편지에는 그가 느꼈던 정신적 혼란과 고통, 자책하는 마음이 오롯이 담겨 있다.

나 역시 오래 전, 극심한 우울의 심연에서 삶의 끝자락을 붙들고 있었다. 고흐에게서 동병상련의 아픔을 느꼈던 것일까? 거친 붓터치로 몰아치는 비현실적인 색채 속에서, 나는 벗의 고뇌와 온기를 느끼며 위안을 얻었다.

1891년 1월의 어느 날, 동생 테오는 견딜 수 없는 고통 속에서 생의 막을 내린다. 형 고흐가 세상을 떠난 지 채 여섯 달도 지나지 않은 시점이었다. 형의 죽음은 테오에게 깊은 슬픔과 충격을 안겨 그의 삶을 송두리째 흔들었다. 이후 테오의 아내와 아들은 고흐의 예술혼을 지키기 위해 암스테르담에 '반 고흐 미술관*Van Gogh Museum*'을 세우는 일에 힘을 보탠다. 그곳에는 《해바라기*Sunflowers*》, 《노란집*The Yellow House*》, 《꽃피는 아몬드 나무*Almond Blossom*》와 같은 빛나는 걸작들과 함께, 그의 유화 200점, 드로잉 500점, 테오와 나눈 편지 700통이 전시되어 있다.

또한, 《밤의 카페 테라스*Café Terrace at Night*》가 있는 '크뢸러 뮐러 미술관*Kröller-Müller Museum*', 그리고 《별이 빛나는 밤*The Starry Night*》이 깊이를 더하는 '뉴욕 현대 미술관*MoMA*'에서도 고흐의 수많은 작품들이 우리를 기다리며, 그의 예술 세계로 우리를 초대하고 있다.

아를(Arles), 시선

아를(*Arles*), 아를 원형 경기장(*Arènes d'Arles*) 둘레길

아를(*Arles*), 아를 고대극장(*Théâtre Antique d'Arles*) 둘레길

아를(*Arles*), 이우환 미술관(*Lee Ufan Arles*)

아이러니하게도, 아를에는 빈센트 반 고흐의 원작을 소장한 미술관이 없다.
그러나 이곳에는 현대미술의 거장, 이우환 작가의 작품을 감상할 수 있는
'이우환 미술관*Lee Ufan Arles*'이 자리하고 있다.

이 미술관은 오랜 세월의 흔적을 간직한 호텔 베르농*Hôtel Vernon*에 터를
잡았다. 17세기에 지어진 이 맨션은 일본 건축가 안도 다다오*Ando Tadao*
의 손길을 거쳐 2022년 4월, 새로운 예술의 성소로 다시 태어났다. 이는
2010년 나오시마의 '이우환 미술관', 2015년 부산시립미술관의 '이우환
공간'에 이어 세 번째로 그의 이름을 새겨 넣은 미술관이 되었다.

이우환 작가의 예술세계는 미니멀리즘과 모노하*Mono-ha* 운동의 깊은 뿌리에서 사유의 꽃을 피웠다. 그의 작품은 회화, 조각, 설치미술 등 다양한 형상으로 펼쳐지며, 철학적 사유와 자연과의 심오한 대화를 중시한다.

이우환 작가의 《점에서*From Point*》 시리즈를 처음 마주했을 때, 나는 그 작은 점들 속에서 우주의 무한함을 느꼈다. 작은 점 하나하나가 모여 거대한 우주를 이루듯, 그의 점들은 무한한 가능성과 잠재성을 품고 있다. 원자들이 모여 무한한 우주를 구성하고 그 안에서 천체 물리학이 춤추듯, 작은 점 속에서도 우주의 심오한 이야기가 깃든 양자 물리학이 은밀하게 속삭이는 듯하다.

그의 회화 시리즈 《선에서*From Line*》는 강렬한 획의 변화를 통해 시간의 흐름과 공간의 연속성을 탐구한다. 그의 선들은 마치 카메라 셔터가 열리고 닫히는 순간에 포착된 움직임처럼, 하나의 행위가 연속적으로 이어지는 과정을 시각화한다.

《대화*Dialogue*》 시리즈는 작품과 관객, 그리고 공간 사이의 상호작용을 중시하며, 그 자체로 깊은 소통의 장을 마련한다. 사진작가로서 나 또한 피사체와의 대화, 공간과의 소통을 통해 이야기를 만들어 간다. 그의 작품 속 여백과 큰 붓 자국은 마치 사진 속의 빈 공간과 구도가 조화를 이루듯, 관객에게 무한한 상상력을 자극한다.

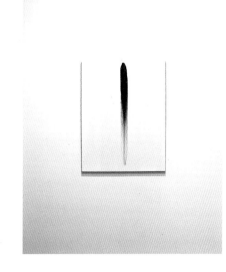

나는 특히 그의 《바람과 함께*With Winds*》 시리즈에 깊이 매료되었다. 이 시리즈에서 바람의 유동성과 자유로움은 역동적인 곡선으로 표현되며, 보이지 않는 바람의 힘을 시각적으로 담아냈다. 그의 작업은 사진 속에서 보이지 않는 감성과 이야기를 포착하려는 나의 노력과도 닮아 있어 더욱 공감이 간다.

우주의 작은 점들이 모여 가느다란 인연의 선을 엮어 낸다.

우연히 탄생한 점과 선은 바람의 힘에 이끌려 오묘한 조응을 이야기한다.

아를(*Arles*), 인연

아를(*Arles*), 가족

아를(*Arles*), 독백

독백

이른 아침, 아를의 골목길에
시간의 흔적이 켜켜이 쌓여 간다

닫힌 철제문, 오래된 가게들
그녀의 무심한 독백

시간은 기억하고 있을까
이제는 잊혀진 감정의 붓질

이른 아침, 아를의 골목길에
그녀의 이야기가 차곡차곡 쌓여 간다

아를(Arles), 아를의 색감

아를의 신비로운 빛과 색은 수많은 세월 동안 아티스트, 조향사, 작가, 그리고 패션과 뷰티 브랜드에 열정과 낭만을 불어넣어 왔다. 프랑스의 화장품 브랜드 '겔랑*Guerlain*'은 이우환 미술관에서 열리는 전시를 후원했다. 이우환의 미니멀리즘과 여백의 미를 중시하는 회화는 겔랑의 브랜드 철학과도 맞닿아 있다.

'겔랑'의 럭셔리에서 골드를 사용한 흔적이 있을지라도, 저는 오히려 가장 아름다운 자연의 색을 잠시 빌려 왔다고 생각합니다. 꿀과 꽃가루의 색채, 꽃의 색채, 심지어 지구를 비추는 별의 색채까지 말입니다."
– 자크 겔랑*Jacques Guerlain*

프랑스의 전설적인 향수 조향사 자크 겔랑의 말이다. 꿀과 꽃가루는 자연이 선사하는 풍부한 색상 팔레트를 상징한다. 꿀의 황금빛과 꽃가루의 다채로운 색상은 자연이 빚어낸 생명의 색을 의미하며, 자크 겔랑은 꽃과 별의 색채에서 영감을 받아 제품을 만들어 왔다. 이러한 자연의 색채와 향기는 겔랑의 향수와 화장품에 고스란히 담겨, 다양한 색조와 향기로 표현된다.

아를에서 영감을 받은 또 다른 화장품 브랜드로는 '록시땅*L'Occitane en Provence*'이 있다. 록시땅의 '테르드뤼미에르*Terre de Lumière*' 향수는 아를의 황금빛 시간인 '골든 아워'에서 모티브를 얻었다. 해가 막 떠오르거나 지기 시작할 때, 아를의 풍경을 황금빛으로 물들이는 그 짧은 순간을 후각적으로 재현한 향이다. 또한, '아를레지엔느*Arlésienne*' 향수는 아를 여성들의 전통 의상인 '아를레지엔느'에서 아이디어를 얻어, 아를의 여성스러움을 담은 꽃과 향을 품고 탄생했다.

생폴드모솔(*Saint-Paul-de-Mausole*) 수도원, 라벤더

1888년 12월, 아를에서 귀를 자르는 일을 겪은 뒤, 고흐는 정서적으로 극심하게 불안정한 상태에 빠졌다. 이후 그의 건강은 급격히 나빠졌고, 발작이 잦아지면서 치료가 시급한 상황이 되었다. 아를에서 치료를 받았지만 보다 안정된 환경이 필요하다고 판단한 그는, 1889년 5월 자발적으로 생레미드프로방스*Saint-Rémy-de-Provence*에 위치한 생폴드모솔*Saint-Paul-de-Mausole* 수도원에 입원했다.

이곳에 머문 일 년 동안, 고흐는 수많은 걸작을 탄생시켰다. 수도원과 그 주변의 아름다운 풍경은 그의 예술적 영감의 원천이 되었다. 그는 이곳에서 내면의 혼란을 예술로 승화시키며, 《별이 빛나는 밤*The Starry Night*》, 《사이프러스 나무*Cypresses*》, 《아이리스*Irises*》 등의 걸작을 완성해 냈다.

고흐는 자신의 감정을 화폭에 담아내곤 했다. 해바라기는 그의 영혼을 비추는 거울이자 다양한 감정을 표현하는 매개체였다. 활기차고 생동감 넘치는 해바라기는 그의 희망과 행복을 노래하고, 시들어가는 해바라기는 그의 슬픔과 고독을 속삭인다. 생폴드모솔 수도원의 해바라기는 고흐 자신을 닮아 있었다. 마른 줄기 위에 피어난 고흐의 해바라기는 여름 태양을 향해 고개를 바짝 들고, 그리움과 열망을 안은 채 서서히 빛을 잃어가고 있다.

해바라기 한 송이를 가슴에 품고, 세낭크*Sénanque* 수도원이 있는 고르드*Gordes*로 발걸음을 옮긴다. 자동차 스피커에서는 돈 맥클린*Don McLean*이 고흐의 삶과 그의 걸작 《별이 빛나는 밤*The Starry Night*》에서 영감을 얻어 작곡한 노래, 《빈센트*Vincent*》가 은은하게 흘러나오고 있다.

생폴드모솔(*Saint-Paul-de-Mausole*) 수도원, 해바라기

"해질 무렵, 부드러운 햇살을 맞이한다. 광활한 대지와 끝없이 펼쳐진 산맥을 배경으로, 중세 성곽 마을 고르드Gordes에 서서히 어둠이 내려앉는다. 둥근 자갈로 이루어진 칼라드Caladé 골목길, 마을 사람들의 발걸음이 저녁노을 속에 사라지고 밤의 속삭임이 시작된다."

11. | 세낭크*Sénanque* 수도원이 자리한
중세 성곽 마을
고르드
Gordes

고르드(*Gordes*), 해질 무렵

이른 오후, 생레미드프로방스를 떠나 고요한 프로방스 시골을 가로지른다. 넓게 펼쳐진 들판 사이로 길게 이어진 포플러Populus 나무들이 길을 안내한다. 고르드Gordes에 가까워질수록 저 멀리 라벤더밭이 힐끗 보인다. 바람에 부드럽게 흔들리는 보랏빛 물결이 은은한 향기를 뿜어낸다. 이 짧은 순간의 설렘이 가슴을 두근거리게 한다.

길은 서서히 가파른 언덕으로 이어지고, 마침내 저 멀리 언덕 위로 고르드가 모습을 드러낸다. 하얀 여름 태양 아래, 고르드는 신비로운 성채처럼 빛나며 미야자키 하야오 감독의 애니메이션 영화 《천공의 성 라퓨타》 속 고대 도시를 연상시킨다.

고르드는 원래 적의 침입에 대비해 나무 울타리를 세운다는 뜻의 '방어요새'에서 유래한 이름이다. 돌길을 따라 마을 안으로 들어선다. 좁고 굽이진 골목길은 비밀스러운 미로처럼 이어지고, 정감 어린 빨랫줄에 걸린 빛바랜 옷들과 집집마다 놓인 작은 화분에선 소박한 일상이 엿보인다.

저녁 무렵, 석양에 물든 석회 돌벽이 중세 성곽 마을 고르드를 거대한 금빛 사원으로 환생시킨다. 이 영화 같은 순간에서 떠나기 아쉬웠던 건 나만이 아닐 것이다. 《프로방스에서의 일 년A Year in Provence》을 쓴 영국 작가 피터 메일Peter Mayle도, 그의 소설 《어느 멋진 순간A Good Year》을 영화로 담아낸 리들리 스콧Ridley Scott 감독도 아마 같은 마음으로 프로방스의 매력을 그려 냈으리라.

영화 《어느 멋진 순간A Good Year》의 한 장면을 통해 처음으로 고르드를 알게 되었다. 영화 제목이기도 한 'A Good Year'는 최고의 와인이 생산된 해를 의미하며, 동시에 주인공 맥스 스키너Max Skinner가 진정한 삶과 사랑을 발견한 해를 상징한다. 영화 속에서 그가 자동차를 타고 누비던 시골 마을, 그리고 그의 삼촌 집과 정원에서 펼쳐진 고즈넉한 풍경은 고르드에서의 삶과 사랑을 아름답게 담아내고 있다.

운명처럼 맥스는 고르드에서 한 여인, 페니 샤넬Fanny Chenal을 만난다. 페니와 함께하는 시간 속에서 그는 고요한 행복과 마음의 평화를 발견하며, 세상에서 가장 소중한 것은 바로 사랑하는 사람과 함께하는 따뜻한 순간임을 깨닫게 된다.

어느 날, 그는 페니에게 이렇게 고백한다. "나는 비합리적이고 호기심이 많은 여신과 일생을 함께하고 싶어. 거기에 약간의 다혈질적인 질투를 곁들이고, 당신처럼 달콤한 맛이 나는 와인 한 병과 절대 비워지지 않는 와인 잔도 함께하고 싶어." 이 고백은 두 사람의 사랑을 가장 완벽한 빈티지 와인에 비유한 프로포즈다. 그가 선택한 이 순간은, 최고의 빈티지 와인처럼 그의 인생에서 가장 값지고 빛나는 시간이 되었다. 나의 사랑스러운 빈티지 와인처럼.

고르드(Gordes), 어느 멋진 순간

프랑스에서 가장 아름다운 마을

Les Plus Beaux Villages de France

1982년, 붉은 벽돌로 이루어진 콜롱주라루즈*Collonges-la-Rouge*의 조용한 마을에서, 샤를 세락*Charles Ceyrac*의 주도 아래 '프랑스의 가장 아름다운 마을*Les Plus Beaux Villages de France*' 협회가 설립되었다. 그는 사라져 가던 문화유산을 지키고자 프랑스 전역의 아름다운 마을들을 모아 그들의 빛 나는 이야기를 다시 세상에 알리고자 했다. 설립 당시에는 '콜롱주라루즈'를 포함한 66개 마을이 선택되었고, 이들은 프랑스 대지 위에 새겨진 별처럼 건축과 역사의 혼을 담아 다시금 빛을 발하기 시작했다.

'프랑스에서 가장 아름다운 마을'에 선정되기 위해서는 마을 인구가 2,000명을 넘지 않아야 하며, 건축물들이 주변 환경과 아름답게 조화를 이루고 전통적인 건축 양식이 잘 보존되어야 한다. 현재는 2024년 기준으로 프랑스 전역에서 178개의 소도시가 이 영예를 안고 있다.

이번 여행길에서 만난 고르드*Gordes*, 무스티에생트마리*Moustiers-Sainte-Marie*, 루시용*Roussillon*, 루르마랭*Lourmarin*, 레보드프로방스*Les Baux-de-Provence*도 '프랑스의 가장 아름다운 마을'로 선정되어 저마다 고유한 색채와 향기로 여행자의 마음을 사로잡는다. 고즈넉한 마을의 돌길을 따라 걷다보면 마을마다 숨겨진 로맨틱한 이야기가 차례로 흘러나온다. 고르드의 칼라드*Caladé* 돌길을 시작으로.

고르드(*Gordes*), 가장 아름다운 마을

고르드(Gordes), 칼라드 돌길(각자)

크기와 형태가 제각각인 돌들을 하나하나 정성스레 깎아 내어 조화롭고 정교하게 쌓아 올리는 공법을 '칼라드*Caladé*'라고 한다. 칼라드는 마을 전체를 견고하게 떠받치면서도, 그 자체로 마을 풍경에 자연스럽게 녹아들어 더욱 깊은 정취를 느끼게 한다.

고르드(*Gordes*), 칼라드 돌길(함께)

고르드의 칼라드 돌길은 시간의 손길이 빚어낸 모난 돌들의 둥근 모자이크다. 그 길을 지나간 수많은 연인들의 속삭임
과 발자국이 돌에 섬세한 윤기를 더해 준다. 사랑을 속삭이기도 하고, 이별을 고하기도 했던 길. 돌길은 추억을 머금고
있다.

고르드(*Gordes*), 프랑스 어느 봄날

붉은 석양

회벽에 스며든 석양은 여름꽃의 향내를 풍기고
고르드의 황금 사원은 붉은빛으로 물든다

둥근 자갈과 모난 돌에 새겨진 시간의 기억들
애틋한 길 위로 햇살이 부드럽게 깃든다

골목을 스쳐가는 바람은 꽃잎 사이로 스며
한때 사랑을 속삭였던 그들의 이야기를 담는다

인연이 머문 돌길 위로 황혼의 색이 짙어지면
고르드의 여름은 붉은빛으로 물든다

고르드(Gordes), 여름꽃

아기의 눈으로 보는 세상은, 새롭고 신비롭다.
작은 빛의 움직임, 잔잔한 바람의 속삭임,
손끝에 닿는 부드러운 촉감 하나하나가
처음 만나는 우주의 조각이다.

고르드(*Gordes*), 여행이 주는 행복

엄마의 피자와 딸의 피자는, 그 맛이 다른가 보다.
아마도 엄마의 피자는 어여쁜 딸과 누리는 따뜻한 행복이고,
딸의 피자는 인스턴트 빵조각이 주는 차가운 맛이겠지.

고르드(*Gordes*), 피자 먹는 모녀

고르드(*Gordes*), 숲속 수도원

고르드(*Gordes*), 수도원 라벤더밭

고르드(*Gordes*), 세낭크 수도원

고르드 마을에서 구불구불한 좁은 길을 따라 십여 분쯤 달렸을까? 그 길의 끝에 다다르자 가파른 골짜기 아래, 하늘에서 내려온 듯 아담하고 고요한 세낭크*Sénanque* 수도원이 모습을 드러낸다. 인간의 손길로 빚어낸 정성과 신의 축복이 하나의 숨결처럼 어우러져, 서로를 어루만지며 이곳에 살아 숨쉰다. 수도원 앞에 펼쳐진 보랏빛 라벤더밭은 석조 건물과 절묘하게 어울려, 그 자체로 경이롭고 신비로운 풍경을 만들어 낸다.

세낭크 수도원은 1148년에 설립된 프로방스의 시토회 수도원이다. 시토 수도사들은 겸손을 배우고 하느님을 찾기 위해 척박한 협곡에 이 수도원을 세웠다. 수도원 주변에는 작은 계곡이 흐르고, 그곳을 따라 세낭크 강이 잔잔히 흘러간다. '세낭크'라는 이름은 '건강한 물*Sana Aqua*'을 의미하며, 이 건강한 물이 흐르는 세낭크 수도원은 이 지역의 척박한 땅에 영적 생명을 불어넣고 있다.

햇살을 머금은 라벤더의 보랏빛 물결이 바람에 살랑이고, 고요한 세낭크 수도원의 석조 건물이 그 뒤에 든든하게 자리하고 있다. 어린 소녀는 나비 무늬 모자를 쓰고, 푸른빛 드레스를 입은 채 자연의 품에 온전히 안긴다. 소녀가 울고 있다. 라벤더 꽃잎 위를 맴도는 작은 벌 하나가 그녀를 놀라게 했던 걸까?

고르드(Gordes), 라벤더 추억

고르드(Gordes), 보랏빛 울음

활짝 핀 보랏빛 라벤더는 특유의 향기와 색감으로 수도원의 고요한 분위기와 완벽하게 어우러진다. 이 아름다운 조합은 오늘날 프로방스 지역을 대표하는 상징적인 풍경이자 문화적 아이콘이 되었다. 라벤더의 라틴어 어원인 'lavo'는 '깨끗하다'는 뜻으로 정결함과 평온함을 상징한다. 이곳 수도사들은 라벤더를 통해 영적인 순수함과 깨끗함을 표현하고자 했다.

라벤더의 보라색은 기독교 전통에서 깊고도 상징적인 의미를 지닌다. 보라색은 예수 그리스도의 성육신과 고난, 권위와 고귀함, 그리고 영적인 신비를 나타낸다. 사순절 동안 입는 보라색 망토는 그리스도가 십자가를 지고 가신 길과 그의 고난을 기리며 묵상하는 상징적 표현이다. 이 신비로운 색채는 믿음 속에서 겪는 고통과 영광, 그리고 그 안에 담긴 깊은 영성을 끌어안고 있다.

어느 여름 날, 이른 새벽에 고르드의 여명을 바라본다. 어둠이 물러가고 황금빛 세상이 펼쳐진다. 이곳을 떠나야 한다는 아쉬움이 밀려온다. 올리브 잎새에 맺힌 이슬이 곧 사라질 것을 알기에, 마지막 순간을 가슴 깊이 담아두고 싶다. 프로방스를 영원히 사랑한 피터 메일도 그러했으리라.

프로방스의 낯선 환경에 뛰어들어 자신의 이야기를 만들어가는 여정은, 단순한 적응을 넘어 새로운 세계를 내 삶으로 포용하는 담대한 행위가 아닐까? 피터 메일이나 리들리 스콧이 그려낸 프로방스의 풍경 속에서 삶의 변화를 경험하는 등장인물처럼. 카페발랑솔 *Cafe Valensole*을 꿈꾸며 그 이야기를 써 내려가는 초보 카페사장의 여정 또한 그들과 같은 결이지 않을까? 이른 새벽에 생각이 많다.

이제 고르드를 뒤로하고 발랑솔 평원으로 향한다. 곧 눈앞에 펼쳐질 라벤더 필드의 보랏빛 물결을 상상한다. 아쉬움과 설렘이 교차하는 이 순간, 여행의 진정한 의미를 가슴에 새긴다. 여행길도, 인생길도 떠남이 있기에 더욱 설레는 법이리라. 발랑솔 평원에 도착하면, 빈티지 와인을 음미하며 이 순간을 오래도록 반추하고 싶다.

고르드(Gordes), 여행

"장 지오노의 숨결이 깃든 마노스크 *Manosque* 로 향하는 길, 고르드를 떠나 뤼베롱 *Luberon* 산맥의 넉넉한 품과 웅장한 산세 속으로 들어선다. 차창을 열어 녹음이 전하는 신선한 공기를 깊이 들이마신다. 자연의 호흡과 하나가 된 듯한 이 감각 속에서, 지오노가 노래한 대지와 자연의 생명이 오롯이 느껴진다."

PROVENCE
Manosque

12. | 장 지오노*Jean Giono*의 고향
마노스크

Manosque

마노스크(*Manosque*), 장 지오노의 '행복'

마노스크(*Manosque*), 도시 풍경

마침내 마노스크 *Manosque* 가 눈앞에 펼쳐진다. 저 멀리 오렌지빛 지붕들이 언덕을 따라 이어지고, 그 사이로 우뚝 솟은 종탑이 눈에 들어온다. 차를 세우고 카메라를 꺼내 든다. 렌즈 너머로 장 지오노의 도시를 응시하자 그의 문장들이 내 마음속에 다시 피어오른다.

지오노의 글은 이 땅의 숨결을 담아내며, 그가 사랑한 자연과 인간의 이야기를 마노스크에 깊이 새긴다. 그의 문학처럼 이 도시는 단순한 풍경을 넘어선다. 그것은 시간을 초월한 삶의 철학이자, 자연과 인간이 하나로 어우러지는 찬란한 순간들의 기록이다.

마노스크(*Manosque*), 장 지오노 골목길

마노스크(*Manosque*), 장 지오노 집

마노스크에 도착하자마자 나는 곧장 장 지오노의 집을 찾아 나섰다. 지오노의 골목길을 따라 걷는 동안, 마음은 점점 깊은 고요 속으로 스며든다. 무심히 서 있는 담장 너머로 살짝 보이는 그의 집은, 켜켜이 쌓인 세월의 이야기를 고스란히 품고 있다. 지오노가 이 길을 걸으며 바라보았을 풍경, 그가 느꼈을 자연의 숨결과 삶의 평화가 그 자리에 그대로 머물러 있는 듯하다.

초록색 대문 너머, 아담한 지오노의 집과 오래된 나무들은 그의 문장 속에서 살아 숨 쉬는 자연의 한 장면처럼 다가온다. 이곳은 그가 창조해 낸 세계가 녹아 있는 하나의 작은 우주 같다. 세월의 흔적이 느껴지는 나무들조차 그 시작은 작디작은 씨앗에서 비롯되었을 것이다. 그 씨앗을 심은 사람, 그 사람의 이야기가 문득 내 마음속에서 되살아난다.

《나무를 심은 사람*L'Homme qui plantait des arbres*》. 황폐한 대지를 숲으로 변모시킨, 지오노의 이야기 속 한 사람이 있다. 자신의 이름조차 남기지 않고 묵묵히 나무를 심어 갔던 사람, 엘제아르 부피에*Elzéard Bouffier*다. 카메라 렌즈 너머 바라본 나무들은 저마다의 이야기를 담고 있다. 바람에 흔들리는 나뭇잎 하나하나가 그의 손길을 기억하는 듯하다. 그는 이 땅에 나무를 심었다. 그 나무의 씨앗은 곧 희망이었다. 그의 손길로 탄생한 숲은 황폐했던 땅을 생명과 희망의 터전으로 바꾸어 놓았다.

카메라를 내려놓는다. 문득 생각에 잠긴다. 수년 전, 《척박한 땅*Barren Land*》을 주제로 사진집을 출간하고 사진전을 열었던 그 시절을. 내 사진 속 컬러는 거친 황갈색이나 짙은 회백색이 주를 이뤘다. 의식하지 못했지만, 나는 아프리카 사막에서 그린란드 설원까지 척박한 땅으로 향하는 나 자신을 발견했다. 왜 그토록 거친 땅에 끌렸을까?

아마도, 나는 척박한 색감의 사진 속에서 은은하게 피어나는 희망의 빛을 담고 싶었나 보다. 지오노가 부피에 노인을 통해 보여 주고 싶어 했던 그 숲처럼, 그 나무들이 지닌 온기처럼. 내 사진도, 내 삶도 언젠가 누군가에게 희망의 씨앗이 될 수 있기를.

마노스크(*Manosque*), 장 지오노 센터

마노스크(*Manosque*), 장 지오노

장 지오노에게 '행복'을 묻다

장 지오노에게 '행복'은 바깥세상이 주는 선물이 아니라, 내면의 어둠 속에서 스스로 찾아내야 하는 숨겨진 보물이다. 전쟁의 혼돈 속에서 그는 진정한 행복의 본질을 깨닫는다. 불행의 깊은 골짜기에서도 행복은 피어나며, 그 여정은 고독과 슬픔의 그림자를 동반한다. 그러나 그 길 위에서 행복은 단순한 기쁨이 아닌, 깊은 성찰과 자기 발견의 결실로 아련히 꽃을 피운다.

마노스크 도심에 자리한 장 지오노 센터*Centre Jean Giono*에서 그의 일대기를 담은 사진을 마주했다. 사진 속 장 지오노는 깊은 사색에 잠긴 채 세상의 이면을 떠도는 듯한 모습이다. 빛과 그림자가 만든 흑백 이미지는 그의 복잡한 심정을 고스란히 드러내고 있다. 그 순간, 나는 진정한 행복이란 단순한 기쁨이나 슬픔을 넘어선, 자신을 바라보는 '평온한 성찰'임을 깨닫는다.

우리는 척박한 땅에서 희망의 싹이 트기를 소망한다. 희망을 노래한다는 것은, 어쩌면 우리가 얼마나 힘겨운 현실을 마주하고 있는지를 조용히 드러내는 일일지도 모른다. 행복을 갈망한다는 것은, 마음 깊은 곳에 자리한 불안을 감추려는 또 다른 표현일지도 모른다. 그럼에도 불구하고, 우리는 오늘도 묵묵히 나무를 심는다. 작은 씨앗 하나에 담긴 가능성을 믿으며, 희망의 숲을 그려 본다.

마노스크(*Manosque*), 섬

마노스크(Manosque), 골목길

눈부신 보랏빛 일출을 필름에 담고자 하는 열망이 가슴 속
에 불을 지핀다. 애타게 흐르는 초조한 시간, 조급한 마음은
기다림의 떨림으로 가득하다. 무대를 지배할 주연의 찬란한
등장을 기다리며 커튼콜을 부르지만, 하늘을 덮은 안개의
장막은 꿈쩍도 하지 않는다. 그러던 순간, 원망스럽던 새벽
안개가 부드러운 황금빛으로 어둠을 달래고, 은은한 보랏빛
의 아름다움이 고요히 세상 속으로 번져 간다.

마노스크(Manosque), 해 뜰 무렵 라벤더밭

마노스크(*Manosque*), 사진작가의 카메라

마노스크(*Manosque*), 카메라로 바라본 풍경

안개가 자욱한 새벽, 고요의 바다에 홀로 서 있는 카메라는
세상과 연결된 유일한 창문처럼 보인다. 사진작가의 카메라
는 아직 베일을 벗지 않은 보랏빛 세상을 응시하며, 카메라
너머로 펼쳐질 풍경을 상상한다. 숨죽인 채 기다림의 시간
을 견디며, 순간을 포착할 준비를 하고 있다.

마노스크의 라벤더밭은 여명의 지평선과 맞닿아 있다. 마침
내 얼어붙었던 카메라는 오랜 기다림 끝에 은밀한 소식을
전해온다. 저 멀리 포근한 기운이 촉촉한 새벽 풍경을 부드
럽게 감싸안는다.

세상은 보랏빛을 더하고

보이지 않는 갈망은
가느다란 숨결로 이어지고
세상은 여전히 비밀을 감춘다

새벽 여명에
라벤더향은 꿈결처럼 퍼져 가고
햇살의 온기는 꽃잎에 내려 앉는다.

안개의 속삭임 속에서
라벤더밭에 홀로 선 카메라
기다림의 눈동자는 설렘을 마주한다

황금빛 장막 아래로
세상은 보랏빛을 더하고
나의 갈망은 필름에 담긴다.

동쪽 하늘이 밝아 온다. 이제 마노스크를 떠나 발랑솔 *Valensole* 로 향해야 할 시간. 대지의
포근한 숨결이 닿는 곳마다 장 지오노가 꿈꾸던 보랏빛 라벤더밭이 아득한 바다처럼
펼쳐진다.

"보랏빛 여름 바다 위, 만선의 꿈을 실은 조각배를 타고 노를 저어 나아간다. '황금빛 꿈'을 낚는 어부의 가슴은 설렘으로 두근거리고, 마을을 가리키는 푯말이 점점 가까워진다. 마침내 라벤더의 보물섬, 발랑솔 *Valensole*에 닻을 내리고 그곳에서 꿈을 찾는 여정을 시작한다."

PROVENCE
•
Valensole

13. | 보랏빛 환희의 물결
    | 발랑솔

Valensole

발랑솔(*Valensole*), 보랏빛 라벤더밭

발랑솔(Valensole), 발랑솔 평원

발랑솔*Valensole*은 라벤더와 올리브 나무가 끝없이 펼쳐진 드넓은 고원의 중심부에 자리하고 있다. 그 이름은 라틴어 'vallis'와 'solis'에서 유래했으며 '태양의 계곡'이라는 찬란한 의미를 담고 있다. 이곳은 강렬한 여름 햇살 아래 조금씩 색조를 달리하는 보랏빛 팔레트가 끝없이 펼쳐진 땅이다.

가까이에는 알프스에서 흘러내린 에메랄드빛 물줄기, 베르동강*Verdon River*이 자연의 숨결을 더하며 고요히 흐른다. 해마다 조금씩 차이가 있지만, 6월 말에서 7월 중순 사이에 찾으면 활짝 핀 라벤더가 선사하는 환상적인 풍광을 만날 수 있다.

7월 초, 발랑솔 평원은 크림색 밀밭이 부드럽게 물결치고, 연보라빛 라벤더가 상쾌한 향기를 내뿜는다. 은빛으로 반짝이는 올리브 나무는 건강한 생명의 기운을 담고 있다. 전 세계 라벤더의 80%를 생산하는 이곳은 프로방스의 색채로 가득한 평화롭고 아름다운 여름정원이다. 마노스크 *Manosque*에서 발랑솔을 거쳐 푸이모이송*Puimoisson*에 이르는 D6, D8 도로는 라벤더밭과 해바라기밭을 감상할 수 있는 최고의 포토스폿이 된다.

프랑스 프로방스, 발랑솔(Valensole)

발랑솔 평원의 삼원색

밀밭의 부드러운 크림색, 라벤더의 은은한 연보라색, 올리브 나무의 은청색이 조화를 이루는 이곳에서 카페 발랑솔*Cafe Valensole*의 시그니처 삼원색을 만났다. 품질 좋은 페인트와 다양한 색상 옵션으로 유명한 벤자민 무어*Benjamin Moore*의 'white blush 904', 'lily lavender 2071-60', 'north sea green 2053-30' 물감은 발랑솔 평원의 색감을 그대로 담아 북한강 카페를 매력적인 공간으로 물들였다.

수년 전, 북한강이 흐르는 어느 작은 땅에 매료되어 그곳에 카페를 세우기로 마음먹었다. 카페에 어울리는 이름을 찾고자 이곳 프로방스 땅을 처음 밟았다. 고흐의 흔적을 따라 아를의 론강을 찾아갔지만, 도심을 가로지르는 강은 내 마음을 채우지 못했다. 그러다 라벤더가 만개한 발랑솔 평원에 이르러서야 비로소 감동의 물결이 나를 감싸 안았다.

북한강이 잔잔히 흐르는, 남양주시 화도읍 북한강로 1190번지. 부드러운 남녘 햇살이 스며드는 평온한 길 '화도和道'와 북한강 푸른 물길이 나란히 흐르는 곳에 '라벤더 카페'를 만들기로 했다. 청록빛 강물이 문안산의 품에 안겨 고요히 흐르는 이 작은 땅은, 그 자체로도 충분히 아름다워 '발랑솔*Valensole*'이라는 이름을 가질 자격이 있다.

따스한 햇살 아래 향기로운 바람과 비옥한 흙이 살아 숨쉬는 발랑솔 평원의 감성을 담아, 담백한 빵과 고소한 커피를 선사할 안식의 공간을 만들고 있다. 이곳은 라벤더의 평온한 여유와 올리브의 건강한 생명력이 어우러져, 다정하면서도 품격 있는 공간이 될 것이다. 2025년 벚꽃이 필 무렵에, 발랑솔의 꽃향기를 머금은 카페와 프로방스의 순간을 담은 아트 갤러리가 마침내 세상에 모습을 드러낸다.

"남프랑스 감성을 담은
북한강 라벤더 카페,
카페발랑솔*Cafe Valensole*"

발랑솔 평원에서, 나는 '그녀'와 사랑에 빠졌다. 그녀는 내 영혼의 상처를 어루만지며, 마음 깊숙한 곳에 자리한 아픔을 치유해 주었다. 그녀의 은은한 향기와 신성한 색감은 어느새 내게 스며들어, 오랜 세월 잊고 지냈던 내면의 평온을 조금씩 되찾아 주었다. 발랑솔 평원의 보랏빛 그녀, 그 이름은 '라반딘*Lavandin*'이다.

라반딘은 아름다운 꽃잎과 섬세한 향기를 지닌 '잉글리시 라벤더*Lavandula Angustifolia*'와 높은 오일 수율을 가진 '스파이크 라벤더*Lavandula Latifolia*'의 교배종으로 태어났다. 두 식물의 장점을 결합한 라반딘은 발랑솔 평원의 드넓은 들판을 가득 채우며 자라난다. 라반딘은 다른 라벤더보다 더 많은 에센셜 오일을 생산할 수 있으며, 오래 지속되는 향 덕분에 아로마테라피, 마사지 오일, 디퓨저 등 다양한 용도로 사용된다.

프랑스 패션 디자이너 시몽 자크뮈스*Simon Jacquemus*는 브랜드 창립 10주년을 기념하며 프로방스의 라벤더밭을 특별한 무대로 선택했다. '쿠드솔레이*Coup de Soleil*'라는 타이틀 아래, 팝아트적 감각이 강렬하게 어우러진 화려한 패션쇼가 핑크빛으로 물든 런웨이 위에서 펼쳐졌다.

이 컬렉션의 이름은 '태양의 타격'을 뜻하지만, 단순한 해석을 넘어선다. 갑작스럽게 사랑에 빠지거나 강렬한 감정에 휩싸일 때 느끼는 '뜨거운 열정'을 비유적으로 담고 있다. 그의 패션쇼는 로맨틱하면서도 불타오르는 열정을 표현하며, 발랑솔 평원에서 마음을 아찔하게 사로잡혔던 첫사랑의 순간을 떠올리게 한다.

보랏빛 라벤더밭을 배경으로, 긴 핫핑크색 캣워크를 따라 지평선 너머에서 걸어오는 모델들. 그들의 발걸음은 라벤더 향기와 어우러져 몽환적인 분위기를 자아냈다. 이미 패션계에서 주목받는 브랜드로 자리 잡은 자크뮈스는 이 독특한 패션쇼를 통해 또 한 번 센세이션을 일으켰다. 쇼의 독창성과 미적 감각은 SNS에서 폭발적인 반응을 얻으며 자크뮈스의 대표 컬렉션으로 자리매김했다.

남프랑스의 햇살을 컬렉션에 담고 싶다고 밝힌 자크뮈스, 그의 작품에는 고향과 가족에 대한 깊은 사랑과 그리움이 깃들어 있다. 프로방스의 낭만에 간결하면서도 세련된 감각을 더해, 그가 애정하는 주제인 '전통의 재해석'을 탁월하게 표현해 냈다.

내가 준비 중인 《프로방스의 사계절》 사진전과 카페발랑솔*Cafe Valensole*의 탄생 과정이 자크뮈스의 작품처럼 같은 결을 지니길 바란다. 남프랑스의 작은 마을 발랑솔에서 느꼈던 감성을 카페발랑솔*Cafe Valensole*에 고스란히 담고 싶다. 발랑솔의 빛과 향기, 그리고 마음 깊이 스며든 여운까지, 이곳을 찾는 이들이 그 모든 감성을 온전히 느낄 수 있기를 소망한다.

발랑솔(Valensole), 엄마의 뒷모습

발랑솔(Valensole), 은빛 여인

발랑솔(*Valensole*), 여인의 그림자

발랑솔(*Valensole*), 수줍은 소녀

해질 무렵 라벤더밭에서

보랏빛을 흩뿌린 태양 아래,
은발 여인의 손놀림이 바쁘다
거친 손으로 채우는 바구니에는
다정한 진심이 가득하다

눈부신 보랏빛 바다 속으로
볼빨간 소녀의 발걸음이 바쁘다
수줍게 걸어간다, 걸어간다
라벤더 향기 따라, 꿈결 따라

카메라를 든 딸의 시선은
엄마의 뒷모습을 따르려 바쁘다
빛바랜 라벤더를 닮은 세월에
애틋한 사랑을 필름에 채운다

홀로 선 여인의 그림자는
하루의 끝을 찬란히 마주한다
모든 인연이 자연으로 돌아가듯
여름날은 고요히 안식에 잠든다

발랑솔(*Valensole*), 보름달

발랑솔(*Valensole*), 밤거리

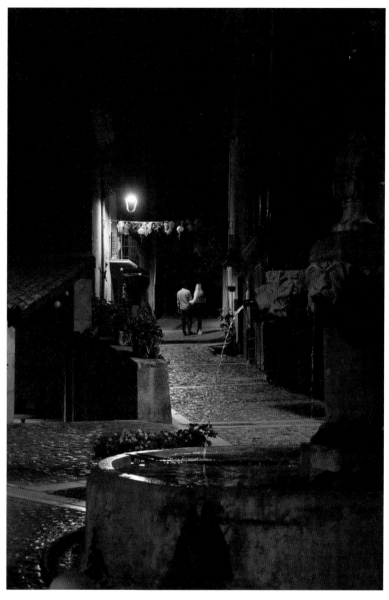

발랑솔(Valensole), 연인

어두운 하늘 아래, 따스한 가로등 불빛이 돌길 위 연인의 발걸음을 부드럽게 감싼다. 오래된 분수에서 떨어지는 물방울 소리는 밤의 적막을 깨우는 G단조의 은은한 선율이 되어 울려 퍼진다. 고요한 밤의 품속에서 서로의 존재를 느끼며 발을 맞춰 걷는 연인의 뒷모습. 그들의 실루엣은 비발디*Antonio Vivaldi*의 《사계 여름 1악장》이 흐르듯, 발랑솔의 어둠 속으로 서서히 사라져 간다.

발랑솔(Valensole), 해돋이

발랑솔 평원의 새벽

알프스 남쪽 끝자락, 고요한 평원 위로 아침 해가 떠오른다. 하늘과 땅의 경계가 사라지고 세상은 찬란한 황금빛으로 물든다. 잠시 후, 라벤더의 잔잔한 물결이 그 빛을 받아 고요히 깨어나며, 보랏빛 옷을 갈아입는다. 대자연의 신이 거대한 붓을 들어 발랑솔 평원에 신비롭고 경이로운 색을 덧칠하고 있다.

마을의 '드레스 코드'를 완벽히 예감하고 맞춰 입은 한 가족을 만났다. 아빠의 민트색 반바지는 창문 셔터에서 그대로 묻어 나온 듯하고, 엄마의 연노랑 원피스는 건물 외벽과 부드럽게 조화를 이룬다. 아이들의 새파란 옷은 창문의 색감을 옮겨온 듯 활기차고 선명하다. 가족은 마을의 색채와 완벽히 어우러져 거리의 풍경을 더욱 화사하고 생동감 있게 채워주고 있다.

발랑솔(Valensole), 드레스 코드

발랑솔(Valensole), 빛과 그림자

발랑솔(Valensole), 한낮의 골목길

발랑솔(Valensole), 부처샵(Boucherie) 주인

여행을 하다 보면, 문득 그곳에 사는 사람들의 삶 속으로 들어가고 싶을 때가 있다. 발랑솔에 머무는 동안, 요리를 할 수 있는 아늑한 복층 에어비앤비를 선택했다. 남프랑스의 한적한 시골 마을에서 작은 주방을 이용하며 요리하는 소소한 기쁨을 누리고 싶었다. 근처 그로서리Grocery에서 붉게 익은 토마토, 자연이 키워낸 노란 호박, 신선한 바질 한 다발을 사서, 이곳의 신선한 재료로 소박한 요리를 만들며 그들의 일상에 한 걸음 더 가까워졌다.

자주 들렀던 부쳐숍*Boucherie* 주인과도 자연스레 친해졌다. 부쳐숍 문을 열면 고소한 냄새와 함께 익숙한 온기가 나를 맞이한다. 세월의 흔적이 담긴 나무 기둥과 오래된 타일 바닥, 그리고 벽 한쪽을 차지한 커다란 나무 선반이 눈에 들어온다. 선반 위에는 각종 향신료와 병들이 질서 정연하게 놓여 있고, 창가에 놓인 꽃병에는 갓 꺾어온 야생화가 활짝 피어 있다.

그녀는 오늘 날씨와 내 안부를 물으며 익숙한 솜씨로 고기를 다듬기 시작한다. 카운터 뒤에 있던 그녀 남편은 돼지고기와 마늘, 허브를 능숙하게 썰어 커다란 스테인리스 통에 넣고, 모든 재료를 한데 모아 정성스럽게 섞는다. 그가 소시지를 만들기 시작하면 가게 안은 향신료의 짙은 향으로 가득 찬다. 그는 친근한 미소를 지으며 막 만든 소시지 한 조각을 내게 건네며 말한다. "오늘 아침에 막 만든 거야. 한번 맛봐."

작업대 옆에는 다양한 소시지들이 길게 늘어서 있다. 강렬한 맛을 자랑하는 '살라미*Salami*', 돼지 내장으로 만든 '앙두이*Andouille*', 와인과 잘 어울리는 '소시송*Saucisson*'. 각각의 소시지에는 저마다의 이야기가 담겨 있다. 어떤 것은 그의 할아버지 때부터 전해 내려온 레시피*Recipe*이고, 또 다른 것은 그가 직접 개발한 새로운 맛이다. 주문한 소시지와 고기를 갈색 종이에 정성스럽게 싸서 내게 건네준다. 그렇게 나는 조금씩 발랑솔 주민이 되어가고 있다.

발랑솔(Valensole), 농가

해바라기 밭에서

구름에 잠든 태양
빛을 잃어 헤매는 해바라기
햇살마저 침묵한 이곳에서
시간은 더디게 흐른다

저 멀리 무심한 농가
돌담 너머 불어오는 바람
인적마저 드문 이곳에서
시간은 더디게 흐른다

발랑솔(*Valensole*), 들판

발랑솔(*Valensole*), 해바라기

발랑솔의 숲(Valensole), 디지털 이미지

지금까지 83개국 358개 지역을 여행하며 수많은 경이로움을 마주했다. 캐나다 옐로나이프에서 본 환상적인 오로라, 펄펄 끓는 에티오피아 다나킬*Danakil* 활화산, 그리고 세상에서 가장 큰 거울 같은 우유니 소금사막까지, 각 여행지는 나에게 깊은 감동을 안겨 주었다. 그러나 발랑솔의 라벤더 필드는 그 모든 것과는 사뭇 달랐다.

이곳 발랑솔 평원은 내 꿈과 맞닿은 숨 막히는 절경으로, 신이 주는 선물처럼 느껴졌다. 그 풍경은 단순한 자연의 모습이 아니라, 자연이 나에게 들려주는 노래였다. 나의 사진은 그 노래에 대한 응답이 되었다. 매일 그곳에서 새로운 멜로디를 발견하며, 그 선율에 따라 셔터를 눌렀다. 수많은 순간 속에서 내 마음을 사로잡은 시선을, 한 장 한 장 작품으로 완성해 나가고 있다. 오늘도, 이 순간에도, 떨리는 마음으로.

"리에*Riez*의 전통시장 마르셰*Marché*는 매주 수요일과 토요일에 열린다. 수요일 아침, 나는 정겨운 시골 마을 리에로 발걸음을 옮긴다. '프로방스의 여름'이 담긴 신선한 식재료를 한아름 안고 올 생각에 마음이 설렌다."

PROVENCE
•
Riez

14. | 정겨운 마르셰가 열리는
시골 마을 리에

Riez

리에(*Riez*), 마르셰(*Marché*)

리에(Riez), 마을 전경

리에*Riez*는 기원전 1세기에 세워진 매우 오래된 마을
로, 로마 시대의 영광을 간직한 신전과 목욕탕 유적이
여전히 그 자리를 지키고 있다. 특히 아폴로 신전의
기둥은 2천년이 넘는 세월을 견뎌 내며 여전히 이 마
을의 상징으로 우뚝 서 있다.

리에(Riez), 산책

RUE
SAINT ELIE

리에(Riez), 연분홍 협죽도(Nerium oleander)

리에(*Riez*), 올리브를 파는 상인

리에(*Riez*), 향신료를 파는 여인

리에의 마르셰*Marché*에 도착하자, 이미 활기로 가득 찬 사람들이 모여 있다. 상인들의 생기 넘치는 목소리가 사방에서 들려오고, 어디선가 불어오는 갓 구운 빵 냄새가 마음을 들뜨게 한다. 입구부터 눈길을 사로잡는 푸릇한 채소와 탐스러운 과일들. 햇살을 받아 반짝이는 붉고 노란 사과가 작은 산을 이루고 있다. 고소하고 기름진 향기가 코끝을 스치고, 쌉쌀하면서도 감칠맛 나는 허브와 향신료 냄새가 은은하게 퍼져 온다. 그 향을 따라가다 보면 올리브 절임을 파는 가게가 모습을 드러낸다.

리에(*Riez*), 과일 가게

리에(*Riez*), 치즈 가게

리에(*Riez*), 상인의 미소

리에(*Riez*), 직물 가게

수제 바구니와 나무 의자들이 진열된 가게 앞에서 발걸음을 멈춘다. 자연의 색채와 질감을 그대로 간직한 다양한 크기의 바구니들이 가지런히 놓여 있다. 그중에서 커다란 바구니 하나가 유독 눈길을 끈다. 손끝으로 바구니 표면을 천천히 쓰다듬자, 거친 손길로 하나하나 엮어낸 투박하면서도 정성 어린 짜임새가 고스란히 느껴진다. 바구니가 제 주인을 제대로 만나는 순간이다.

그 옆에 놓인 조그마한 의자도 눈에 들어온다. 나뭇결이 자연스럽게 살아 있고, 부드럽게 다듬어진 표면 위로 섬세한 직물이 보드라운 촉감을 자아낸다. 이 의자를 직접 만든 것인지 묻자, 상인은 미소를 지으며 답한다. "이 의자는 이 지역에서 자란 참나무로 만들었어요. 시간이 지나도 변하지 않도록 정성을 다해 만들었죠." 그렇게 상인과 흥정을 마치고, 의자와 바구니를 손에 들고 가게를 나선다.

리에(*Riez*), 직물 의자

리에(*Riez*), 채소 가게

리에(*Riez*), 올리브 절임

리에(*Riez*), 토마토

빨간 천막 아래, 수십 가지 향신료가 가지런히 놓여 있다. 고운 가루부터 마른 허브 잎까지, 다양한 색과 질감이 한데 모였다. 올망졸망 귀엽게 블렌딩된 통후추, 타임이 푸르스름한 잎사귀, 그리고 사프란*saffron*의 붉은 꽃술까지.

이 모든 것이 내가 꿈꾸던 마르세유 풍경을 완성하고 있다.

리에(*Riez*), 허브 향신료

리에(*Riez*), 말린 꽃잎과 검은 후추

리에(*Riez*), 튀김(파니스) 아저씨

리에(*Riez*), 투르통(*Tourtons*) 가게

튀김을 파는 상인의 머리 위로 흰 연기가 구름처럼 피어
오른다. 그의 손끝에서 병아리콩 반죽이 조심스레 떼어져
뜨거운 기름통 속으로 떨어진다. 반죽이 기름에 닿는 순간,
작은 조각들은 바삭한 옷을 입고 서서히 부풀어 오른다. 그
사이 튀김 통에서는 고소한 향이 바람을 타고 퍼져 나가며,
지나가는 이들의 발길을 멈추게 한다. 상인이 정성스레 만들
어내는 '파니스*Panisse*'는 프로방스에서 오랜 전통을 지닌
대표적인 튀김 요리다.

마르세에서 가장 많은 사람이 몰려드는 쇼케이스는 단연 '투르통*Tourtons*'을 파는 곳이다.
투르통은 프랑스 남동부 샹소르*Champsaur* 계곡에서 유래한 전통 음식으로, 모양과 속 재
료가 라비올리*Ravioli*와 유사해 현지에서는 '산속 라비올리'로 불린다. 험준한 산악 지형
과 혹독한 겨울로 유명한 샹소르 계곡에서 살아온 사람들은 간단하면서도 영양가 높은
투르통을 만들어 오랜 세월을 견뎌냈다. 특히 투르통은 크리스마스 시즌에 즐겨 먹는 음
식으로, 독특한 모양 덕분에 '작은 예수의 베개*Coussin du Petit Jésus*'라는 별칭으로도 잘
알려져 있다.

투르통은 얇게 민 밀가루 반죽 안에 다양한 재료를 채운 뒤
기름에 튀겨 만든다. 바삭한 겉면과 달리 속은 부드럽고 촉
촉한 것이 특징이다. 속 재료로는 으깬 감자와 치즈, 고기와
채소가 주로 사용되며, 때로는 사과, 잼, 초콜릿을 넣어 달
콤한 디저트로 즐기기도 한다. 오랜 기다림 끝에 손에 들어
온 투르통을 한 입 베어 물면, 바삭한 껍질 아래 으깬 감자
와 고소한 육즙이 어우러져 입안 가득 풍미를 채운다. 투르
통의 깊은 맛을 음미하며, 새로운 이야기가 기다리는 빠에
야 가게로 발걸음을 옮긴다.

리에(*Riez*), 빠에야

리에(*Riez*), 피자 가게

철판에서 노릇노릇하게 익어가는 '빠에야Paella'를 바라본다. 붉은 황금빛에 해산물이 푸짐하게 올라가 있어 인심이 넉넉해 보인다. 샛노란 밥알에 기름이 스며들며 해산물과 어우러진, 녹진하면서 짭짤한 풍미가 피어오른다. 달콤한 냄새에 이끌려 안 살 수가 없다. 가격도 착하다. 15유로로 남짓. 잘 포장된 빠에야를 봉투에 담아 들고, 다음 여행지인 생트크루아 Sainte-Croix 호수로 향한다. 라벤더 로드를 따라 신바람 나게 달린다. 저 멀리 알프스가 눈에 들어오고, 들판은 보랏빛 라벤더로 가득하다.

마르셰는 자연과 사람이 빚어낸 신선한 냄새로 가득한 공간이다. 제철에 무르익은 과일과 채소는 그 고유의 색과 향이 참 어여쁘다. 미묘한 허브의 향, 풍부한 치즈의 맛, 다채로운 컬러의 쿰쿰한 커리 가루까지. 이렇게 정겨운 마르셰에서, 과연 남프랑스와 사랑에 빠지지 않을 수 있을까?

리에(Riez), 라벤더밭

"구름이 두텁게 내려앉은 알프스 하늘 아래, 짙은 녹음의 알레포 *Aleppo* 소나무 숲이 끝없이 펼쳐진다. 우윳빛 청록 호수를 배경으로 주황색 지붕을 얹은 '성 십자가 마을'이 수채화 같은 풍경을 자아낸다. 구불구불한 아스팔트길을 따라가다 보면, 마침내 에메랄드빛 호수마을 생트크루아드베르동 *Sainte-Croix-du-Verdon*에 이르게 된다."

PROVENCE

Sainte-Croix-du-Verdon

15. | 베르동 협곡이 만든 에메랄드빛
호수마을 생트크루아드베르동

Sainte-Croix-du-Verdon

생트크루아드베르동(*Sainte-Croix-du-Verdon*), 은빛으로 빛나는 길

생트크루아드베르동(*Sainte-Croix-du-Verdon*), 베르동 협곡

생트크루아드베르동(*Sainte-Croix-du-Verdon*), 호수마을

'푸른 강'이라는 뜻을 지닌 베르동Verdon. 알프스에서 흘러내린 맑은 계곡물은 베르동 협곡Gorges du Verdon을 지나며 신비로운 에메랄드빛을 띠는 베르동강으로 이어진다. 중세 유럽의 신앙심이 가득했던 마을들처럼, '성스러운 십자가'라는 이름을 지닌 생트클루아Sainte-Croix는 그 자체로 경건한 아름다움을 간직하고 있다. 1973년, 전력 생산과 수자원 보호를 위해 건설된 대형 댐이 생트클루아 호수를 탄생시켰다. 베르동 협곡이 만들어낸 에메랄드빛 호수 마을, 생트크루아드베르동Sainte-Croix-du-Verdon! 세상에 단 하나뿐인 신비로운 이곳에서 강렬한 '프로방스의 여름'을 호흡한다.

생트크루아드베르동(Sainte-Croix-du-Verdon), 마을 전경

석회암이 녹아든 생트크루아 호수는 날씨와 유수량에 따라 빛깔이 신비롭게 변한다. 때로는 우윳빛 푸른색으로, 때로는 에메랄드빛 하늘색으로 물든다. 어떤 날은 코트다쥐르 해변을 닮은 맑은 비취색으로 빛나기도 하고, 어떤 날은 깊은 바다를 연상케 하는 짙푸른 코발트색으로 반짝일 때도 있다. 이 눈부신 호수의 깊은 품속에는 한때 사람들의 삶이 깃들었던, 수몰된 레사블롱*les Salles-sur-Verdon* 마을이 잠들어 있다.

1973년, 생트클루아 댐이 완공되면서 거대한 호수가 형성되자 마을 주민들은 아쉬움을 뒤로한 채 현재의 레사블롱으로 이주했다. 새로 세운 마을은 호수가 한눈에 내려다보이는 높은 곳에 자리 잡았다. 하지만 옛 고향에 대한 그리움은 여전히 기억 속에 남아 있다. 내가 있는 북한강 인근에도 비슷한 사연이 있다.

1973년, 생트클루아 호수가 생겨난 그해, 한강 상류 지역에도 팔당 댐이 만들어졌다. 드넓은 팔당호가 형성되며 세상을 강물로 덮었고, 상류 지역의 마을들은 하나둘씩 물속에 잠기며 사라져 갔다. 그중에서도 댐 가까이에 있던 광주군 남종면 우천리는 마을 전체가 물에 잠겨 지도에서조차 자취를 감추었다. '우천리'라는 이름은 '소 牛(우)'와 '내 川(천)'을 합쳐 쓴 한자로, 우리말로는 '소내'라 불린다. 현재 우천리의 가장 높은 봉우리는 '소내섬'이 되어 옛 마을의 흔적을 지키고 있다.

까마득한 기억 속 저편 어딘가에는,
그리움으로 남아 있는 '레사블롱'의 세월과
'우천리'의 집터가 아련히 남아 있지 않을까?
비 오는 어느 날, 문득 그리워지는 그런 장소처럼.

생트크루아드베르동(*Sainte-Croix-du-Verdon*), 생트크루아 호수

생트크루아드베르동(*Sainte-Croix-du-Verdon*), 교회

생트크루아드베르동(*Sainte-Croix-du-Verdon*), 골목길

생트크루아드베르동(Sainte-Croix-du-Verdon), 빨간 우체통

빨간 우체통

빨간 우체통 앞에 서서
마음속 가득 찬 그리움을 꺼내어 봅니다

언제나 그 자리에 있던 당신에게
말하지 못한 이야기들이 쌓여 가네요

생트크루아 마을의 고요한 골목길
흐린 하늘 아래 펼쳐진 이곳에서

당신을 떠올리며 쓰는 편지는
한 자 한 자 그리움의 잉크로 적셔집니다

저 멀리 시간 속에 묻어버린 기억들이
빨간 우체통에 실려 날아갈 때면

혹시라도 당신에게 닿을 수 있을까요?
그리움이 스민 이 편지

생트크루아드베르동
(*Sainte-Croix-du-Verdon*),
패들보드(*Paddleboard*)

한여름의 생트크루아 호수는 패들보드, 카약, 페달보트 등 다양한 수상 스포츠를 즐기기에 더없이 좋은 장소. 또한, 베르동 협곡은 패러글라이딩, 루지, 산악자전거, 겨울에는 스키까지 즐길 수 있는 진정한 레포츠의 천국이다. 베르동 협곡의 갈레타 대교*Pont du Galetas* 아래에서 페달보트를 타고 호수를 가로지르는 연인들의 모습을 흔히 볼 수 있다. 물살이 잔잔한 이 호수에서는 발끝의 작은 움직임만으로도 보트가 유유히 앞으로 나아간다.

생트크루아드베르동
(*Sainte-Croix-du-Verdon*), 남매

생트크루아드베르동(Sainte-Croix-du-Verdon), 회향(Fennel) 꽃밭

수년 전 오스트리아의 할슈타트*Hallstatt* 호수에서 그랬듯, 이곳 생트크루아 호수에도 몸을 던졌다. 차가운 석회물이 온몸을 휘감으며 서늘한 기운이 깊숙이 스며든다. 30도가 넘는 여름 열기를 식히기엔 이보다 더 좋은 방법이 없다. 젖은 옷옷과 바지를 햇볕에 맡겨 말린 뒤, 나는 북쪽으로 뻗은 라벤더 로드를 따라 치즈마을 바농*Banon*으로 발길을 옮긴다. 노랗게 핀 회향*Fennel* 꽃밭이 바람처럼 스쳐 지나간다.

"발랑솔의 정돈된 라벤더 평원과는 달리, 이곳의 라벤더밭은 자연의 거친 손길이 그대로 남아 있다. 드문드문 피어난 야생화들이 그 사이에서 생명의 리듬을 더해 준다. 언덕 위에 자리한 시골 마을 바농*Banon*은 낯선 이방인의 마음을 부드럽게 감싸안는다."

● *Banon*

PROVENCE

16. | 르블뢰Le Bleuet 서점이 있는
시골 마을 바농

Banon

바농(*Banon*), 라벤더밭

바농(*Banon*), 마을 풍경

바농Banon은 중세의 흔적을 고스란히 간직한 요새 화된 마을이다. 마을 중심부에는 14세기에 세워진 성문이 여전히 남아, 옛날의 위엄과 고풍스러운 분위기를 자랑한다. 이 성문을 지나면 바농의 과거와 현재가 자연스럽게 교차하며 조화롭게 어우러진다. 돌로 지어진 좁고 구불구불한 골목길은 방문객의 호기심을 자극하며 발걸음을 옛 시대로 이끈다.

마을 언덕 꼭대기에는 성 마르코 교회Église Saint-Marc가 우뚝 서 있다. 그곳에 오르면 펼쳐지는 광활한 풍경 속에서 중세 바농의 모습을 그려보게 된다. 당시 바농은 농업과 목축업으로 번성했으며, 특히 염소 치즈 생산이 두드러졌다. 오랜 시간 전통을 지켜온 덕분에 바농 치즈는 오늘날에도 프랑스 전역에서 꾸준히 사랑받고 있다.

바농(Banon), 골목길

나는 브랜드 치즈의 무난하고 안정적인 맛도 좋아하지만, 때로는 풍부한 아로마와 개성 있는 맛이 그리워 농장에서 만든 치즈를 찾곤 한다. 치즈 마을 바농은 그런 내 기대를 완벽하게 충족시켜 주었다. 바농의 치즈 가게는 짭짤한 소금기와 깊은 감칠맛이 어우러진 다양한 치즈들로 가득했고, 강렬한 치즈 향이 단번에 나를 사로잡았다.

바농(Banon), 치즈 상인

상인은 얇게 썬 바농 치즈 한 조각을 작은 접시에 올려 내게 건넸다. 손끝에 닿자마자 치즈는 부드럽게 눌리며 크리미한 질감이 살짝 배어 나와 그 풍미를 미리 느낄 수 있었다. 밤나무 잎에 둘러싸인 둥글납작한 바농 치즈와 상큼한 산미를 지닌 상세르*Sancerre* 와인 한 병을 챙겨, 해가 기울어가는 길을 따라 숙소로 향하는 발걸음이 한결 가벼워진다.

치즈를 감싸고 있던 밤나무 잎을 살살 벗기자, 자연스러운 흙내음과 은은한 나무 향이 퍼져 나온다. 치즈 표면에는 잎사귀 무늬가 고스란히 남아 있고, 촉감은 약간 눅눅하면서도 말랑하다. 입에 넣자마자 염소 우유 특유의 상큼함이 먼저 느껴지고, 이어서 밤나무잎의 타닌이 더해진 약간의 쓴맛과 은은한 단맛이 서서히 입안을 감싸기 시작한다.

한 입, 두 입 점점 치즈 중심부로 다가갈수록 깊고 고소한 맛이 입안을 가득 채운다. 흙내음이 어우러진 견과류의 고소함이 은근히 감돌고, 시간이 지남에 따라 버섯과 허브 향이 살며시 피어난다. 상세르 와인의 미네랄리티는 바농 치즈의 다층적인 풍미를 더욱 풍부하게 하고, 와인의 산미는 치즈의 고소함과 상큼함을 더욱 돋보이게 한다. 치즈의 부드러운 질감은 와인의 날카로운 맛을 감싸며 서로 완벽하게 어우러진다.

바농(Banon), 바농 치즈

'바농 치즈 축제*Fête du Fromage à Banon*'는 매년 5월 셋째 주 일요일에 열린다. 이 축제에서는 바농 치즈뿐 아니라 지역 독립서점 '르블뢰*Le Bleuet*'가 주관하는 문학 행사도 함께 진행된다. 미식과 문화를 한자리에서 경험할 수 있는 선물 같은 이벤트다.

'르블뢰*Le Bleuet*'는 프랑스어로 수레국화를 의미하는데, 맑
고 푸른 빛을 지닌 이 꽃은 프랑스에서 평화와 추모의 상징
으로 알려져 있다. 특히 제1차 세계대전 이후 수레국화는
전장에서 희생된 병사들을 기리는 꽃이 되었고, 이러한 평
화의 의미를 담아 이 서점은 '르블뢰'라는 이름을 얻었다.

1990년에 설립된 르블뢰 서점은 프랑스에서 가장 큰 시골
서점 중 하나로, 약 19만 권에 달하는 방대한 서적을 소장
하고 있다. 비록 프로방스의 작은 시골 마을에 자리하고 있
지만, 그 규모와 독특한 의미 덕분에 프랑스 전역에 잘 알
려져 있다. 현재 이 서점은 문학과 평화의 가치를 한데 품은
특별한 공간으로 자리매김하고 있다.

바농(Banon), 책을 읽는 소녀들

바농(Banon), 집으로

바농(Banon), 조대

바농(Banon), 여름 풍경

바농(Banon), 언덕길

바농(Banon), 빈 자리

그들의 손끝에서

돌담 위로 강인한 손끝이 빚어내는 소리
거친 돌멩이 하나하나, 땀방울로 흐른다

마을의 오랜 기억을 아로새긴 돌담
그들은 천천히, 그러나 끊임없이 쌓아 올린다

여름 햇살에 검붉게 타오르는 고단함
그 손길이 닿은 곳마다, 바농의 아름다움이 머문다

그들의 손끝에서 피어날 바농의 모습
거친 돌멩이 하나하나, 땀방울로 흐른다

바농(*Banon*), 돌담 공사

바농(*Banon*), 인부

바농(*Banon*), 성 마르코 교회(*Église Saint-Marc*)

여름철 성 마르코 교회*Église Saint-Marc*에서는 미술 전시회와 음악회가 자주 열린다. 이 교회는 역사적 유산과 예술적 감성이 어우러진 장소로, 회화, 조각, 섬유예술 등 다양한 전시가 펼쳐진다. 내가 방문한 때에는 《실과 형상*Threads and Forms*》을 주제로 섬유예술가들의 작품이 전시되어 있었다. 그중에서도 특히 내 마음을 사로잡은 작품 하나가 있어, 눈길을 떼지 못한 채 오랫동안 바라보았다.

그 작품은 바로 섬유예술가 앤 차프카*Anne Czapka*의《명상 *Recueillement*》이다. 얽히고설킨 텍스처와 색채가 오묘하게 어우러지며 한 소절의 이야기를 펼쳐내는 듯하다. 동양적 직물의 섬세한 조화는 연극적인 요소와 만나, 깊은 표현력과 극적인 감동을 선사한다. 이 고아한 직물의 아름다움이 내 마음 깊은 곳을 두드린다. 잠시 눈을 감고 그 여운을 느껴 본다.

바농(*Banon*), 수 놓는 할머니

파리에서 태어난 앤은 블랑쉬 거리의 드라마센터와 파리 음악원에서 연극배우로서 소양을 쌓았다. 성공적인 경력을 쌓은 후, 그녀는 여러 차례 인도를 여행하며 동양의 질감과 색채에 매료되었고, 이러한 경험이 그녀의 작품에 큰 영감을 불어넣었다. 1981년 예술적 동반자이자 남편인 산 차프카*San Czapka*와 함께 바르주몽*Bargemon* 인근 마을인 세이양*Seillans*에 정착해 예술 활동을 이어갔다.

이번 전시는 2020년에 세상을 떠난 남편을 추모하는 의미를 담고 있다. 예술적 동반자로서 함께 만들어낸 작품들에는 그들의 사랑과 온유함이 스며들어 있다. 부부의 애틋한 사랑이 실 끝에 맺힌 매듭마다 살아 숨 쉬는 듯 고요히 떨리고 있다.

바농(*Banon*), 명상(*Recueillement*)

바농(*Banon*), 핑크빛 세이지 꽃밭

바농을 뒤로하고 방투산 아래 라벤더마을 쏘*Sault*로 향한다. 길목 너머로 르베뒤비옹*Revest-du-Bion* 마을이 어렴풋이 눈에 들어온다. 차창 너머 펼쳐진 핑크빛 물결이 시선을 사로잡는다. 이 경이로운 장면 앞에서 차를 멈춰 세우지 않을 수 없다. 세상에서 가장 넓고 우아한 '세이지*Sage*' 꽃밭이 아닐까?

성 마르코 교회 한편에는 하얀 천에 꽃을 수놓는 할머니가 있다. 그녀의 손끝을 따라 실과 바늘이 지나갈 때마다, 수줍은 꽃잎이 천 위에 하나둘 피어난다. 할머니를 떠올리며 드론을 하늘 높이 띄운다. 푸른 하늘은 그녀의 린넨*linen*이 되고, 드론 카메라는 그녀의 실과 바늘이 된다.

하늘 위에 분홍빛 세이지 꽃과 연둣빛 세이지 잎으로 거대한 자수를 놓아간다. 할머니의 자수 린넨처럼, 대자연의 아름다움이 사진 위에 새겨진다. 분홍색과 연두색의 농담이 층층이 쌓이며, 세상에 단 하나뿐인 나만의 추상화가 완성된다. 추상 표현주의 화가 마크 로스코Mark Rothko의《색면 추상화Color Field Painting》시리즈가 떠오르는 순간이다.

"게스트하우스 주인에게 방투산이 보이는 라벤더밭을 찍고 싶다고 이야기하자, 그녀는 따뜻한 미소와 함께 쏘*Sault* 인근의 샹롱*Champ Long* 마을을 추천해 주었다. 방투산에 조금 더 가까이 다가가고 싶은 마음에 거친 들길을 따라 조심스럽게 차를 몰았다. 길 아닌 길을 따라 한 시간쯤 헤맸을까? 마침내 눈앞에 광활한 라벤더밭이 펼쳐졌다. 그 너머로 눈이 내려앉은 듯 하얗게 빛나는 방투산이 고요하게 누워 있다."

17.

방투산*Mont Ventoux* 아래
끝없이 펼쳐진 라벤더 평원
쏘

Sault

쏘(*Sault*), 방투산 라벤더밭

쏘(Sault), 마을 전경

'숲'이라는 뜻을 지닌 쏘*Sault*는 해발 700m 이상의 고지대에 자리하고 있어 여름에도 선선한 기후를 즐길 수 있다. 쏘는 방투산*Mont Ventoux* 아래 끝없이 펼쳐진 라벤더 평원으로 유명하다. 화려한 바캉스를 꿈꾼다면 니스*Nice*와 칸*Cannes*의 반짝이는 해변이 어울리겠지만, 온전한 쉼을 원한다면 쏘의 평온한 풍경 속에 몸을 맡겨보는 것도 좋겠다.

프로방스에서 가장 높은 산인 방투산(1,909m)은 그 웅장함과 독특한 지형 덕분에 '프로방스의 거인'으로 불린다. 특히 방투산은 자전거 경주인 '투르드프랑스*Tour de France*'의 주요 코스로도 잘 알려져 있다. 산 정상에서는 프로방스의 전경을 한눈에 내려다볼 수 있으며, 맑은 날에는 멀리 지중해까지 보인다.

쏘(*Sault*), 쏘 평원

쏘(*Sault*), 일상

쏘(*Sault*), 화원

쏘(Sault), 게스트하우스 주인

쏘(Sault), 게스트하우스(Maison Léonard du Ventoux)

19세기 건물을 개조해 만든 게스트하우스 '메종레오나르뒤 방투*Maison Léonard du Ventoux*'에서 머물렀다. 목재 대문을 열고 들어서면 깊고 아늑한 복도가 눈에 들어온다. 쪽문을 열고 좁은 나선형 계단을 따라 올라가면 내가 묵을 방이 나온다. 방문을 열자 무심히 놓인 라벤더 바스켓에서 청량한 향이 흘러 나와 코끝에 스며든다. 창문 너머로는 은밀한 정원이 살짝 보인다.

게스트하우스 주인은 세상 이야기를 나누기 좋아하는 활달한 성격으로, 종종 몸집이 큰 셰퍼드와 함께 산책하는 모습이 눈에 띄었다. 아침 식사로는 따뜻한 카페 누아르*Café Noir*와 갓 구운 바게트가 준비되었고, 진한 라벤더 꿀과 부드러운 바농 치즈도 빠지지 않았다. 머무는 동안 정원 한편에 자리한 체리나무 그늘 아래에서 사색에 잠기곤 했다. 고요하면서도 목가적인 이곳은 프로방스의 진정한 매력을 오롯이 느끼고자 하는 여행자에게 안성맞춤인 안식처다.

쏘(Sault), 라벤더 가게

쏘(*Sault*), 라벤더 다발

쏘의 마르셰*Marché*는 생동감 넘치는 풍경으로 가득하다. 그 중에서도 진한 보랏빛 라벤더 꽃다발이 단연 눈길을 끈다. 다소곳이 묶인 꽃다발 하나를 들어 보니, 섬세하면서도 까슬한 촉감이 손끝에 전해진다. 촉촉한 꽃잎이 손바닥을 간질이고, 상쾌한 향기가 코끝을 스치며 퍼진다. 그 향기 속에는 끝없이 펼쳐진 프로방스의 라벤더밭이 담겨 있는 듯하다.

라벤더는 한 해의 가장 찬란한 시절을 위해 모든 힘을 다해 피어오른다. 그 찰나의 한 달 남짓, 나는 매년 그 계절을 손꼽아 기다리며 내 삶 속 라벤더 같은 순간들을 떠올린다. 우리에게 은은하게 남아 있는 소중한 기억들. 비록 꽃잎은 떨어지고 향기는 사라지지만, 마음속에 남은 소중한 인연은 더욱 깊이 아로새겨진다. 어여쁘고 찬란했던 옛 시절을 기억하기에.

솔(Sault), 감자 고르는 여인

쏘(*Sault*), 올리브 가게

프로방스를 자주 여행하며, 나는 은빛 잎이 바람에 살랑이며 반짝이는 올리브 나무에 매료되었다. 특히 올망졸망한 올리브 열매는 그 안에 깊고 매혹적인 맛을 품고 있다. 한 입 베어 물면 짭조름하면서도 신선한 맛이 입안을 가득 채우고, 씹을수록 다양한 풍미가 감칠맛으로 퍼진다. 허브 향이 느껴지는 아삭한 '그린 올리브', 쫄깃한 식감의 '블랙 올리브', 와인식초에 절인 새콤한 '레드 올리브', 그리고 깊은 풍미를 자아내는 '칼라마타*Kalamata* 올리브'까지, 그 특유의 개성이 돋보인다.

와인 한 잔에 싱그러운 올리브 한 입이 어우러진, 프로방스의 소박한 저녁 식탁을 상상한다. 프로방스의 로제*Rosé* 와인에 잘 어울리는 그린 올리브와 칼라마타 올리브를 골라 담는다. 투박한 비닐에 가득 담긴 올리브는 고기 요리와 샐러드에 곁들여져 풍미를 한층 돋울 것이다. 음식을 맛보는 경험은 그 여행지를 오래도록 추억할 수 있게 한다.

쏘(*Sault*), 과일 가게

쏘(*Sault*), 야채 가게

마르셰에 늘어선 과일들은 새벽녘에 갓 수확되어 실려 온 듯 싱그러운 향기와 빛나는 색감으로 감각과 시선을 사로잡는다. 특히 남프랑스의 여름은 납작 복숭아를 맛보기 가장 좋은 계절이다. 분홍빛과 붉은색이 어우러진 납작 복숭아가 탐스럽게 쌓여 있고, 그 옆으로는 진한 자주색 자두와 앙증맞은 체리들이 옹기종기 모여 있다.

과일이 담긴 상자마다 정성스럽게 손 글씨로 적힌 이름표가 붙어 있고, 그 아래에는 과일이 어느 농장에서, 어떤 환경에서 자라났는지 짧은 설명이 덧붙여져 있다. 시식용으로 잘라 놓은 과일을 입에 넣자 달콤한 과즙이 입안 가득 퍼진다. 납작 복숭아와 자두를 봉투에 조심스럽게 담아 든다.

하늘이 서서히 오렌지빛으로 물들고, 부드러운 바람이 불어와 더위를 식혀 준다. 마르셰에서 장을 보고 돌아와 바구니를 풀고 과일을 씻는다. 손끝이 닿는 곳마다 농익은 신선함이 가득하다. 짭조름한 올리브 절임의 풍미가 로제 와인의 과일 향과 어우러지며, 식탁 위에 여름의 맛이 펼쳐진다.

로제 와인은 장밋빛 사랑이다.
와인 잔 속 빛깔은 눈앞에 펼쳐진 장밋빛 노을과 닮았다.
잔을 기울일 때마다 연한 살구빛에서 복숭아빛으로 은은하게 변해 간다.
이보다 더 무엇을 바랄 수 있을까? 소소한 행복이 이 한 잔에 고스란히 담겨 있다.
쏘의 여름밤이 달달하게 저물어간다.

쏘(Sault), 들판

쏘(Sault), 방투산 목동

다음 날 아침, 방투산Mont Ventoux으로 향한다. 정상에 오르면 프로방스의 모든 풍경이 한눈에 펼쳐질 것이다. 조금 더 일찍 도착하고 싶은 마음에 지름길을 택해 낯선 비포장 산길로 들어선다. 소나무 숲이 짙게 드리운 길을 달리다 보니, 눈앞에 한 무리의 양떼가 나타난다. 양떼를 이끌며 유유히 사라지는 목동의 뒷모습에서, 문득 알퐁스 도데Alphonse Daudet의 소설《별Les Étoiles》속 한 장면이 떠오른다. 별을 바라보며 밤을 지키던 목동처럼, 자연 속에서 살아가는 이의 순박함이 느껴진다.

방투산 정상은 마치 눈이나 얼음이 덮인 것처럼 새하얗게 빛난다. 그러나 그 순백의 모습은 겨울의 흔적이 아닌, 햇빛에 반사된 석회암과 자갈이 만들어낸 신비로운 환영이다. '바람'을 뜻하는 '방투Ventus'. 이름처럼 방투산에는 강풍이 끊임없이 휘몰아친다. 구름이 잠시 걷히자 방투산 정상의 속살이 모습을 드러낸다.

쏘(Sault), 방투산

쏘(Sault), 방투산 정상

넉넉하고 정겨운 남프랑스의 풍경을 사진에 담을 때마다, 여유롭게 삶을 살아가는 그들을 보며 은근한 부러움이 일어난다. 그들은 와인을 음미하듯 시간을 즐기며, 자신만의 느긋한 리듬에 맞춰 살아간다. 반면 나는 끝없는 마라톤을 이어가듯 인생을 달려왔다. 시간에 쫓기고 성과를 내야 한다는 강박에 사로잡혀 더 빠르게, 더 많이, 더 완벽하게 살려고 애썼다. 여유는 나에게 그저 사치처럼 느껴졌을 뿐이었다.

풍요로운 식사를 즐기며 웃음을 잃지 않고 느긋하게 살아가
는 사람들. 그 모습에서 오랜 세월 잊고 지내던 '진정한 행복'
이 떠오른다. 그들에게는 매 순간이 소중하고, 그 시간을
음미할 줄 아는 여유가 있다. 내가 바쁘게 살아오며 잃어
버린 것들이다.

나는 모진 바람을 이겨내며 방투산 정상에 서 있다. 사이클
을 타고 이곳까지 오른 이들도 보인다. 갈증을 달래고 땀을
식힌 후, 하산을 향해 속도를 내는 모습이 인상적이다. 어쩌
면 나도 인생의 정상에 서 있는지 모르겠다. 힘겹게 이곳까
지 올라온 나 자신에게 격려를 보낸다.

이제는 '하산의 즐거움'을 만끽할 때가 되었다. 삶을 바라보
는 시선과 취향이 쌓일수록, 나는 점점 더 깊고 밀도 있는
행복을 느끼지 않을까? 방투산을 내려오며 '프로방스의 여름'
여정도 끝을 향해 간다. 마르세유 공항을 향하는 길, 보랏빛
라벤더는 더욱 짙고 깊은 색으로 마음속에 남는다.

쏘(*Sault*), 하산

L'AUTOMNE
EN PROVENCE

프로방스의 가을
다시 무스티에생트마리 예배당을 찾아가는 길

무스티에생트마리(Moustiers-Sainte-Marie), 선셋

'프로방스의 가을'이 깊어져 간다. 니스 공항에서 렌터카를 빌려 구불구불한 산길을 따라간다. 프로방스의 작은 마을 중에서도 특히 마음에 남았던 무스티에생트마리*Moustiers-Sainte-Marie* 예배당을 다시 찾아간다. 가는 길에 사람들에게 잘 알려지지 않은 두 마을, 알프스 산자락에 자리한 바르주몽*Bargemon*과 앰퍼스*Ampus*에 잠시 머문다.

영원한 사랑, 별이 되어 빛나는 무스티에생트마리*Moustiers-Sainte-Marie.*

처음 프로방스를 찾았던 어느 여름날, 나는 무스티에생트마리의 독특한 분위기에 마음을 빼앗기고 말았다. 마을을 감싸고 있는 두 절벽 사이에는 1.25m 크기의 별 조각이 매달려 있었고, 그 별은 오랜 전설을 간직한 채 마을을 지켜보고 있었다. 마을 위 절벽에 자리한 노트르담드보부아르*Notre Dame de Beauvoir* 예배당에 오르려면 무려 262개의 돌계단을 지나야 했다. 힘들게 계단을 따라 올라간 끝에, 어느 젊은 부부가 단촐한 결혼식을 올리고 있는 모습이 눈에 들어왔다. 그들은 성스러운 존재인 '별'을 바라보며 순백의 서약을 나누는 듯했다.

마을 아래 올리브 나무 옆에서 부부를 다시 만났다. 나는 그들이 애정 어린 손길로 쓰다듬던 올리브 나무를 '노트르담*Notre Dame*'을 뜻하는 성모 마리아, '메리*Mary*'라 부르기로 했다. 사랑을 이어주는 올리브 나무, 메리가 탄생하는 순간이다. 한국으로 돌아와 메리를 닮은 올리브 나무를 구해 카페발랑솔*Café Valensole*에서 키우기로 마음먹었다. 예배당을 내려오면서 마음을 사로잡았던 그 사랑스러운 마을이 자꾸 그리워졌다. 그래서 이번 가을, 다시 무스티에생트마리를 찾기로 했다.

'프로방스의 가을' 여정은 파블로 피카소*Pablo Picasso*의 아틀리에가 있는 발로리스*Vallauris*와 무쟁*Mougins*, 마르크 샤갈*Marc Chagall*이 잠든 생폴드방스*Saint-Paul-de-Vence*, 그리고 피에르-오귀스트 르누아르*Pierre-Auguste Renoir*의 집이 있는 카뉴쉬르메르*Cagnes-sur-Mer*로 이어진다. 프로방스 예술가들이 느꼈을 가을, 그들의 작품에 녹아 있는 가을의 빛과 색 속으로 걸어 들어간다.

"남프랑스에 가을이 찾아왔다. 바르주몽 중심인 쇼비에*Chauvier* 광장에는 고풍스러운 분수와 성 에티엔 교회*Eglise Saint-Etienne*가 자리하고 있다. 이 광장 주변으로는 캐주얼한 레스토랑과 작은 카페들이 늘어서 있고, 마을 사람들은 이곳에 모여 여유로운 시간을 보낸다. 그들은 맥주나 콜라를 마시며 정다운 대화를 나누고 있다. 플라타너스*Platanus* 나무에서 떨어진 낙엽들이 바람에 실려 길 위에 살포시 굴러간다."

PROVENCE

Bargemon ●

18. | 고불고불 산길 따라
     | 바르주몽

Bargemon

바르주몽(*Bargemon*), 마을 사람들

바르쥬몽(Bargemon), 분수

바르주몽*Bargemon*은 남북으로 이어지는 D25 도로와 동서로 굽이치는 D16 도로가 만나는 아늑한 산골마을이다. 마을로 들어가는 길이 좁고 험해 쉽게 찾아가기 어렵지만, 그 덕에 외지인의 발길이 드물어 고요한 휴식을 즐기기에 제격이다.

이 마을은 한때 로마인의 터전이었으나, 무어인의 침략으로 파괴되었다가 950년에 요새화된 마을로 다시 태어났다. 성벽과 망루, 그리고 견고한 돌문은 그 역사의 흔적을 고스란히 간직하고 있다. 옛 로마인들이 발견한 순수한 물의 원천인 라소스드쿠슈아르*La Source de Couchoire*는 마을의 쿠슈아르*Couchoire* 분수로 흘러 들어오는데, 이 물의 미네랄 성분은 에비앙*Évian*과 견줄 만해 멀리서도 이 물을 병에 담기 위해 사람들이 찾아온다.

해발 480m 언덕 위에 자리한 바르주몽은 산악 지대에서 내려온 맑은 지하수 덕에 곳곳에 분수와 우물이 솟아난다. 알프스 산맥 남쪽 끝자락에 위치한 덕분에 풍부한 지하수의 흐름이 마을의 샘과 분수로 이어진다. 마을 중심인 쇼비에*Chauvier* 광장에는 100년 된 플라타너스 나무 아래 오래된 분수가 여전히 자리하고 있다.

바르주몽(Bargemon), 마을 풍경

바르주몽(*Bargemon*), 돌집

바르주몽(*Bargemon*), 산책

바르주몽(*Bargemon*), 쇼비에 광장

바르주몽(*Bargemon*), 작은 카페

골목길을 거닐며 마주친 다양한 얼굴들을 눈에 담는다. 어떤 이는 여행지에서 느낀 감정을 글로 남기기도 하지만 나는 사진이 좋다. 내게 사진은 그 순간의 모든 감정을 가장 생생하게 담아내는 최고의 수단이다.

쇼비에 광장에 이르니, 낡은 간판과 아담한 테이블들이 놓인 작은 레스토랑이 모습을 드러낸다. 마을 사람들이 삼삼오오 길가를 향해 앉아 있는 모습이 조금은 낯설다. 대부분 커피나 맥주를 즐기고 있다. 시선을 따라가 보니, 서로 연결된 친근한 이웃인 것처럼 보인다. 같은 방향을 바라보면서도 각자의 자리에서 서로의 존재를 위안 삼고 있는 듯하다.

레스토랑 맞은편에는 오래된 카페가 자리하고 있다. 카페 아주머니는 손님들을 유쾌하게 맞이하며, 때때로 길 건너 레스토랑까지 음료를 건네주곤 한다. 요즘엔 보기 드문 풍경이다. 서로 다른 공간을 자연스럽게 넘나들며 음료를 나누는 모습이 따뜻하고 정겹다. 대도시의 개별화된 생활에서는 좀처럼 보기 힘든, 사람 간의 끈끈한 유대감이 느껴진다. 서로를 아끼고 돌보는 진심 어린 마음이 일상 속에 깃들어 있다.

더운 날씨에 지쳐 아이스커피가 생각났다. 카페 아주머니에게 '아이스라떼'를 주문하자, 그녀는 살짝 당황한 듯 미소를 지으며 고개를 저었다. 커피와 얼음, 우유를 따로 달라고 부탁드렸다. 아주머니의 얼굴에 미묘한 호기심이 스친다. 잠시 후, 작은 잔에 담긴 커피와 우유, 그리고 얼음이 내 앞에 놓였다. 나는 조심스럽게 섞어 나만의 '아이스라떼'를 만들며 그 순간을 즐겼다.

커피가 얼음 위로 천천히 퍼져 가며 얼음이 녹아드는 모습을 카페 안에 있던 몇몇 사람들이 흥미롭게 지켜본다. 그들 눈에는 낯선 여행자가 만든 신기하고 재미있는 광경으로 비쳤던 모양이다. 잠시 후, 그들 중 한 사람이 프랑스어 특유의 리드미컬한 억양 속에 다정함을 담아 묻는다. "Vous êtes d'où?" 나는 눈치껏 그 뜻을 알아챘다.

그들은 내가 어디서 왔는지, 어떤 이야기를 가진 사람인지 궁금해하고 있었다. 이방인에게 자연스럽게 말을 걸 수 있는 친근한 질문이다. "South Korea,"라고 답하자, "Ah, Corée du Sud!" 하며 반가운 듯 고개를 끄덕였다.

어렵게 완성한 아이스라떼를 한 모금 마셨다. 이를 본 사람들은 호의 어린 웃음을 건네며 나를 바라보았고, 나도 미소로 답했다. 이 커피 에피소드는 정말 특별한 기억이 되었다. 카메라에 담기지 않았지만, 그 순간의 따뜻한 공기와 사람들의 웃음, 그리고 살짝 밍밍한 아이스라떼의 맛까지. 여행의 묘미는 이렇게 예상치 못한 방식으로 특별한 추억을 선물하는 데 있는 게 아닐까? 그 순간은 하나의 이야기가 되어 내 기억 속에 소중히 남아 있다.

바르주몽(*Bargemon*), 식품점

바르주몽(*Bargemon*), 시청 앞 할머니

바르주몽(*Bargemon*),
브리타니 스패니얼(*Brittany Spaniel*)

바르주몽(*Bargemon*), 골동품점

카메라와 함께하는 여행은 언제나 나를 역동적이고 유연하게 만든다. 렌즈 너머 세상에 대한 호기심으로 가득 차, 그 안에 담길 수많은 가능성을 자유롭게 상상해 본다. 내가 찍은 사진에는 나의 시선과 그 순간 느꼈던 감정이 함께 담겨 있다.

이곳에서 만난 사람들의 피부는 햇볕에 그을려 따스한 색감으로 빛나고 눈가의 잔주름은 그들 삶의 희노애락을 가감 없이 보여 준다. 또 곳곳에 남아 있는 중세의 흔적들은 사라져버린 옛 영광에 대한 아쉬움을 담고 있다. 미로처럼 얽힌 마을의 골목길은 역사의 미스터리를 조용히 품고 있다. 길가에 보일락 말락 자리 잡은 골동품 가게와 주인이 애써 소개하던 오래된 물건들. 길모퉁이를 돌아 마주한 아담한 상점과 카페는 화려한 광고판이나 상업적 흔적 없이 따스하게 나를 맞아 준다.

나는 그들이 살아가는 공간과 분위기에 완전히 매료되었다. 아침에 새소리에 눈을 떠, 손수 기른 딸기로 만든 파이를 한 입 베어 무니, 작은 행복이 입안 가득 퍼져 나간다. 나를 채우고 위로해 준 따뜻한 순간들은 또 다른 세상으로 이끄는 대문과 같다. 때로는 그 어떤 과학적 사실보다도 이야기가 담긴 사진 한 장이 더 큰 메시지를 전해 준다. 특히 그 사진에 애틋하고 사랑스러운 대상이 담겨 있을 때, 그 울림은 더욱 깊고 진하게 다가온다.

바르주몽(Bargemon), 휴식

바르주몽(Bargemon), 딸

프랑스어로 행복은 '보너Bonheur'라고 한다. '행복한'이라는 형용사 '휴로Heureux'는 발음조차 어려워 흉내 내기 힘들지만, 그럼에도 불구하고 말하고 싶다. 지금 이 순간, 내 안에 깃든 감정은 충분히 '휴로'하다고. 마음 깊은 곳에서 온전히 행복을 느끼고 있다. '프로방스의 가을' 여정은 이렇듯 행복으로 기억될 것이다.

"Heureux celui qui sait rire de lui-même,
il n'a pas fini de s'amuser"

"자신을 유머러스하게 바라볼 줄 아는 사람이
지속적인 행복과 즐거움을 누린다."
– 프랑스 속담

"다시 산길을 달려 절벽 위에 우뚝 솟은 샤토두블*Châteaudouble*을 지나 마침내 앰퍼스*Ampus*에 도착했다. 좁은 골목 길을 따라 천천히 걷다 보니, 하늘색 쪽문이 눈에 띄는 집 앞에서 발걸음이 멈춘다. 문 위에 걸린 작은 시계는 가을의 시간을 따라 분침을 째깍째깍 옮기고 있다."

PROVENCE

Ampus ●

19.

가을이 만든 시간 속으로
앰퍼스

Ampus

앰퍼스(*Ampus*), 부부

샤토두블(*Châteaudouble*), 산길

인적이 드물어 적막하기까지 한 산길을 달린다. 굽이진 도로를 지나 고개를 들어 보니, 절벽 위로 우뚝 솟은 벽돌 탑이 눈에 들어온다. 바위 절벽을 뚫고 만든 좁은 터널을 지나면, '두 개의 성'이라는 뜻의 샤토두블*Châteaudouble*이 모습을 드러낸다. 진한 에스프레소 한 잔이 문득 떠올라, 예정에 없던 이 마을에 차를 멈춰 세웠다.

이 마을은 나르투비*Nartuby* 협곡을 내려다보는 바위 절벽 위에 자리해 있어, 주변의 자연 경관이 한눈에 펼쳐진다. 마을 이름에서 짐작할 수 있듯, 마을 정상에는 두 개의 탑이 나란히 서 있다. 하나는 폐허가 되었지만, 다른 하나는 여전히 전망대로 남아 있다. 좁은 골목길을 따라 걷다 보면, 칼라드*Calade*로 포장된 거리와 아치형 통로, 정교하게 조각된 페디먼트*Pediment*가 돋보이는 집들이 눈길을 끈다.

어느새 발걸음은 자연스레 한 맥주집 앞에서 멈춘다. 야외 테라스에서는 시원한 맥주를 즐기는 사람들의 웃음소리가 들려온다. 목이 말라 맥주 한 잔이 간절했지만, 바쁜 일정에 에스프레소 한 잔으로 아쉬움을 달래고, 엠퍼스*Ampus*를 향해 다시 길을 재촉한다.

샤토두블(*Châteaudouble*), 마을 풍경

샤토두블(*Châteaudouble*), 맥주집

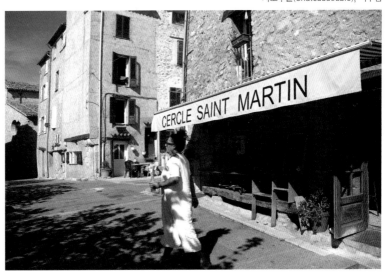

앰퍼스(*Ampus*), 관문

가을이 만든 시간을 유영해 앰퍼스*Ampus*에 도착했다. 해발 600m에 자리한 이 작은 마을은 골목길과 집들이 마치 달팽이 껍질처럼 둥글게 이어져 있다. 앰퍼스의 역사는 10세기까지 거슬러 올라가며, 초기에는 임푸리오*Impurio*라는 이름으로 기록되었다. 로마 시대와 중세를 거쳐 중요한 교역로로 발전한 이곳은 오랜 세월의 흔적을 여전히 지니고 있다. 마을에서 약 5㎞ 떨어진 노트르담드스펠루크*Notre-Dame de Spéluque* 예배당은 중세의 옛 모습을 고스란히 간직한 채 오늘날까지 이어지고 있다.

앰퍼스(*Ampus*), 마을 풍경

앰퍼스(Ampus), 채소 파는 상인

길을 걷다 보니 채소를 파는 상인이 눈에 들어온다. 진열대 위에는 신선한 농작물이 가득하다. 상인과 눈이 마주치자 그녀는 무심하면서도 따뜻한 미소를 짓는다. 자연스레 다가가 농익은 토마토와 단단한 양파, 신선한 계란을 살펴본다. 계란은 아직 따뜻한 온기가 남아 있는 듯하고, 루비빛과 오렌지빛을 머금은 토마토는 가을의 절정을 닮아 빛깔이 선명하다. 손끝으로 살짝 만져 보니 거친 껍질 너머로 달콤하고 촉촉한 과육이 느껴진다.

"이 계란과 토마토, 정말 신선해 보여요. 직접 기르신 건가요?" 내가 묻자, 그녀는 고개를 끄덕이며 말했다. "네, 모두 이 근처에서 키운 것들이에요. 가을이 깊어질수록 토마토는 마지막 열매를 맺어 더 맛있어지죠. 계란도 막 낳은 거라 아주 신선해요." 그녀의 거칠고 투박한 손으로 직접 일구어 낸 농작물에 대한 자부심이 느껴진다. 나는 토마토와 양파, 계란을 골라 담는다.

앙피스(Ampus), 기다림

앙퓌스(Ampus), 햇살과 그늘

느긋하게 흐르는 가을 시간이 마을 구석구석에 스며든다. 골목길 돌벽에 걸린 낡은 시계들이 눈에 띈다. 내가 시계를 응시하면, 시계도 나를 바라본다. 천천히 움직이는 분침을 따라 햇살과 그늘이 자리를 바꾼다. 시간은 시계나 숫자로는 잴 수 없는 무형의 존재다. 그것은 빛의 그림자로, 바람의 향기로, 그리고 지나가는 여행자의 마음으로 가을의 깊이를 전해 준다.

그 순간, 살바도르 달리*Salvador Dali*의 시계가 머릿속에 떠올랐다. 달리의 시계는 그의 여러 작품에서 반복적으로 등장하는 상징물이다. 코로나19가 유행하던 시기에, 동대문디자인플라자*DDP*에서 열린 《살바도르 달리: 상상과 현실》 회고전에서 달리의 시계를 처음 마주했다. 1931년 작품 《시간의 속도*The Sense of Speed*》에서, 길게 늘어진 그림자와 황폐한 구도는 침울한 분위기를 자아내고 시침과 분침이 없는 시계는 시간의 본질을 질문하는 듯했다.

그림자와 풍경은 시간의 흐름에 따라 변하게 될 운명을 암시하며, 우리는 각자의 현실 속에서 자신만의 그림자와 풍경을 따라 살아간다. 아인슈타인의 특수 상대성 이론을 떠올리지 않더라도, 공간과 시간에는 저마다의 상대성이 있다. 현실에서 느끼는 시공간과 상상으로 그려낸 시공간은 다르게 펼쳐지고, 달리의 작품은 환상과 현실의 경계를 탐구하는 달리의 깊은 성찰이 담겨 있다.

앰퍼스(*Ampus*), 시계

1931년 같은 해에 탄생한, 더 유명한 달리의 시계가 있다. 그 시계는 뉴욕현대미술관*MoMA*에 소장된 《기억의 지속 *The Persistence of Memory*》이란 작품에 등장한다. 카망베르 *Camembert* 치즈가 녹아내리듯 흘러내리는 달리의 시계. 이 작품은 '메멘토 모리*Memento Mori*', 즉 '자신의 죽음을 기억 하라'는 메시지를 담고 있다. 이는 오만한 자들에게 죽음 앞 에서 겸손해지라는 엄중한 경고이자, 우리가 흔히 잊고 사 는 삶의 진리를 일깨우는 깊은 성찰이다. 단순한 경고를 넘 어, 모든 순간을 소중히 여기라는 지혜로운 가르침이다. 시 간은 쉼 없이 흘러가며, 그 흐름 속에서 영원한 것은 아무것 도 없으니까.

내 카톡 프로필 사진은 여전히 살바도르 달리 회고전에서 찍었던 그 순간에 머물러 있다. 사진 속에서 나는 여전히 마 스크를 쓰고 있다. 코로나 팬데믹은 전 세계적으로 수백만 명의 생명을 앗아가고, 수십억 명을 감염시키며 고통을 안 겼다. 그 시절에 나는 이 지구적 재앙을 뛰어넘는 아픔을 겪 었다. 가족과의 불화는 내 마음에 지울 수 없는 상처를 남겼 고, 내 삶의 시계는 그 순간에 멈춰 섰다.

'메멘토 모리'는 덧없이 흘러가는 시간 속에서 겸손하고 진 실한 마음으로 하루하루를 살아가라는 다정한 격려다. 삶의 끝을 기억할 때, 우리는 진정으로 소중한 것에 시간을 쏟으 려는 마음이 커진다. 도전하고 싶은 일에는 더 큰 용기를 내 고, 사랑하는 사람과 함께하는 시간을 귀하게 여기자. 일생 의 모든 순간이 선물이기에, 좋아하는 음악을 들으며 은은 한 불빛이 나는 향초를 켜고, 넘쳐나는 기쁨 속에 행복의 춤 을 추자. 살아 숨 쉬는 지금 이 순간이 특별한 축복임을 잊 지 말자.

한 소녀가 그녀의 시간 속으로 걸어 들어간다. 그녀를 따라 나의 시간 속으로 걸어 들어간다.
이제는 멈춰버린 그 시절의 고장 난 시계를 놓아줄 때이다. 앰퍼스의 가을은 점점 깊어가고,
그리움은 내 마음속에 낙엽처럼 쌓여 간다.

앰퍼스(Ampus), 시간 속으로

"프랑스에서 가장 아름다운 마을이라 불리는 곳, 중세 수도원의 성스러운 기운이 여전히 남아 있는 무스티에 *Moustiers*, 그리고 두 산봉우리 절벽 사이에 매달린 커다란 황금별. 알프스 산맥 끝자락에 자리한 무스티에생트마리 *Moustiers-Sainte-Marie*는 상상 속 세상을 현실로 불러온 듯하다. 잘 익은 땅콩호박의 따스한 오렌지빛과 속살이 드러난 알밤의 깊은 브라운빛으로 무스티에생트마리의 가을이 은은히 물들어 간다. 내게 무스티에생트마리는 빛으로 기억되고, 향기로 추억되는 곳이다."

PROVENCE
Moustiers-Sainte-Marie

20. | 영원한 사랑, 별이 되어 빛나는
무스티에생트마리

Moustiers-Sainte-Marie

무스티에생트마리(*Moustiers-Sainte-Marie*), 가을밤

무스티에생트마리
(*Moustiers-Sainte-Marie*),
알프스 산맥 끝자락

무스티에생트마리
(*Moustiers-Sainte-Marie*),
예배당으로 가는 계단

해발 635m, 무스티에생트마리*Moustiers-Sainte-Marie*는 하늘과 가까운 고지대에 자리한 마을이다. 이름에서도 알 수 있듯이, 성모 마리아를 모시는 이 마을은 5세기경 이탈리아에서 온 수도승들이 이곳에 수도원을 세우며 시작되었다. '십자가의 길'이라 불리는 262개의 계단을 오르면, 마을을 내려다볼 수 있는 노트르담드보부아르*Notre Dame de Beauvoir* 예배당에 이르게 된다. 12세기에 세워진 이 예배당은 성모 마리아를 모시는 성스러운 사원이다.

인구 약 700명의 이 작은 마을은 '별이 지지 않는 마을'로도 불린다. 이곳에는 실제로 지지 않는 별이 있다.
마을 위쪽 두 거대한 절벽 사이에 누가, 언제 달았는지 알 수 없는 '별'이 10세기 이후 줄곧 걸려 있다. 현재 하늘에 걸린 '별'은 1957년에 열한 번째로 제작되었다. 쇠사슬의 길이가 135m에, 무게가 무려 150kg인 황금별이다.

무스티에생트마리
(*Moustiers-Sainte-Marie*),
과일주스 가게

무스티에생트마리
(*Moustiers-Sainte-Marie*), 성모 승천 성당
(*Église Notre-Dame de l'Assomption*)

주차장을 빠져나와 마을로 들어서자, 과일 주스를 파는 상인이 환한 미소로 여행객을 맞이한다. 프로방스 모자인 타이올*Taïote*이 줄지어 걸려 있는 골목길을 따라 아래로 내려가면 작은 하천이 나온다. 다리를 건너 라벤더 포푸리*Potpourri* 향이 가득한 상점을 지나면, 라벤더 아이스크림을 파는 아늑한 광장이 나타난다. 광장 한편에는 그림을 그리고 있는 사람들이 옹기종기 모여 있고, 그들의 시선을 따라가니, 두 산봉우리 절벽 사이에 걸린 황금별이 은은하게 빛난다.

이 '별'의 유래에 관한 여러 전설이 전해지지만, 가장 널리 알려진 이야기는 십자군 전쟁 중 포로로 잡힌 기사 보종*Bozon*에 관한 것이다. 그는 '살아 돌아갈 수만 있다면, 고향 하늘에 별을 걸어 신의 은총을 기리겠다'고 맹세했다고 한다. 이후 보종이 기적적으로 무사히 고향에 돌아와, 두 산봉우리 사이에 별을 걸었다고 전해진다. 중세 시대에 어떻게 그토록 높은 곳에 별을 걸 수 있었는지는 여전히 풀리지 않는 수수께끼로 남아 있다.

무스티에생트마리
(*Moustiers–Sainte–Marie*),
'별'을 그리는 사람들

무스티에생트마리
(Moustiers-Sainte-Marie),
예배당과 '별'

이 '별'에 얽힌 가장 로맨틱한 전설은 중세의 '금지된 사랑' 이야기다. 서로 다른 신분의 장벽을 넘을 수 없었던 두 연인은 결국 영원한 이별을 맞이하고 만다. 마지막 만남에서 그들은 하늘에 자신들의 사랑이 영원히 남아 있기를 간절히 기도한다. 그들의 슬프고도 아름다운 이야기는 마을 사람들에게 전해졌고, 이를 기리기 위해 마을 사람들은 연인이 자주 만났던 두 산봉우리 사이에 커다란 별을 걸어 두었다. 이 '별'에는 연인의 사랑이 하늘에서 영원히 빛나기를 바라는 마을 사람들의 간절한 소원이 담겨 있다.

힘들게 예배당에 올라선 순간, 지난 여름에 만났던 한 젊은 부부의 애틋한 모습이 떠올랐다. 하늘과 땅이 맞닿은 성스러운 공간에서 두 사람만의 경건한 결혼식이 열렸다. 땅에서 맺은 사랑의 맹세가 하늘에 닿은 듯, 축복이 가득한 순간이었다.

서약을 나누는 두 사람은 눈빛만으로 깊은 사랑을 전하고 있었다. 순백의 드레스를 입은 신부, 그녀의 몸을 따라 유려하게 흐르는 실크 자락이 바람에 흔들린다. 신랑을 바라보는 눈빛은 온 세상을 품은 듯 깊고 따뜻하다. 검정 슈트를 완벽하게 차려입은 신랑, 단정한 매듭의 넥타이에서 묻어나는 품위와 슈트의 날카로운 선이 그의 당당한 모습을 더욱 돋보이게 한다. 그의 눈빛에는 세상에서 가장 귀한 존재를 마주한 듯한 애정과 감동이 담겨 있다.

무스티에생트마리
(*Moustiers-Sainte-Marie*),
엄마와 아들

두 사람은 성스러운 존재인 무스티에의 '별'을 바라보며 두 손 모아 기도하고 있었다. 나는 그들의 앞날을 진심으로 축복하며, 신랑 신부와 눈인사를 나누고 조용히 자리를 떠났다. 그들의 결혼식을 방해하고 싶지 않아 카메라를 잠시 내려놓았지만, 오히려 그 덕분에 그 순간의 분위기는 더 선명하게 마음에 남았다. 계단을 내려오며 마주한 저물녘의 선셋, 여름 태양이 마을 지붕을 따스하게 감싸며 내뿜던 그날의 향기. 나는 그 향기로 무스티에생트마리를 추억한다.

무스티에생트마리
(Moustiers-Sainte-Marie),
사이프러스(Cypress)

무스티에생트마리
(*Moustiers-Sainte-Marie*), 메리(*Mary*)

무스티에생트마리
(*Moustiers–Sainte–Marie*),
올리브 나무

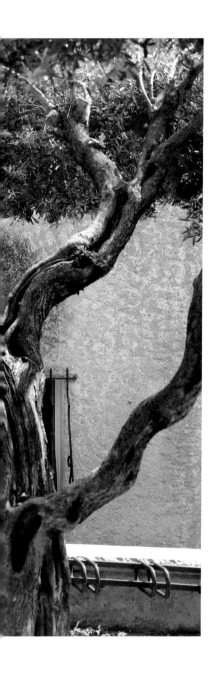

어스름할 무렵, 마을 골목을 돌아다니며 마음이 이끄는 장면을 렌즈에 담고 있었다. 그러다 문득 어느 올리브 나무 옆에서 그 부부와 다시 마주쳤다. 그들은 올리브 나무 그늘 아래에서 앞으로 펼쳐질 달콤한 미래를 나직이 속삭이고 있었다. 그들이 손길을 주던 올리브 나무를 나는 '노트르담*Notre Dame*'을 뜻하는 성모 마리아, '메리*Mary*'라 부르기로 했다. 메리는 나에게 사랑의 또 다른 이름이자, 꾸준함과 인내의 상징이다. 시간이 흐를수록 더 깊어지는 사랑을 담고 있는 이름, 메리.

작년에 카페발랑솔*Café Valensole*에 들여온 올리브 나무, 메리는 그 이름처럼 부드러운 은빛으로 나를 환하게 한다. 이 묘목은 네덜란드에서 가져와 전라남도의 한 지자체에서 올리브 재배 시범사업으로 수년간 정성껏 길러온 나무다. 유럽의 따스한 바람을 타고 이 낯선 땅에 뿌리내린 메리는 이제 카페발랑솔*Café Valensole*의 흙과 하늘 아래에서 새로운 잎과 꽃을 틔우며, 일상 속에 조용한 기쁨을 더해 준다.

무스티에생트마리
(*Moustiers–Sainte–Marie*),
라벤더 가게

무스티에생트마리
(*Moustiers–Sainte–Marie*),
구움 과자

무스티에생트마리
(*Moustiers–Sainte–Marie*),
인사

무스티에생트마리
(*Moustiers–Sainte–Marie*),
마을 사람들

무스티에생트마리(*Moustiers-Sainte-Marie*),
시골 저택(*La Bastide*)

남프랑스의 시골 저택에 머물며 한적한 저녁 식사를 즐기는 상상을 하곤
했다. 그리고 이곳에서 그 상상은 곧 현실이 되었다. 아침이면 저택 창문을
열고 장미향이 가득한 정원을 내다보았고, 저녁이 되면 따뜻한 마음을 지
닌 주인이 정성스럽게 차려준 식탁에서 여유로운 식사를 즐겼다.

무스티에생트마리
(*Moustiers-Sainte-Marie*),
지공다스(*Gigondas*) 와인

무스티에생트마리
(*Moustiers–Sainte–Marie*),
도미(*Dorade*) 요리

저녁 무렵, 정원에서 저택 주인이 직접 준비한 도미를 숯불에 천천히 굽고 있다. 그녀는 조용히 미소를 지으며 손짓으로 자리를 권한다. 도미가 구워지는 냄새에 이끌려 자리에 앉자, 그녀는 친근하게 다가와 루비빛을 띠는 지공다스 *Gigondas* 와인을 따라준다. 첫 모금은 과일 향이 혀끝을 간지럽히고, 뒤이어 흙내음과 짙은 향신료 향이 입안을 감싼다.

탄탄한 구조감을 지닌 지공다스 와인은 시간이 흐를수록 묵직하면서도 우아한 맛으로 변해간다. 구운 도미와 라타투이 *Ratatouille*와도 완벽하게 어우러진다. 특유의 훈연향이 나는 도미에 레몬즙을 뿌리니, 와인의 복합적이고 강한 풍미가 절묘하게 조화를 이룬다. 바람이 불 때마다 은은하게 퍼지는 시골 향기가 오감을 감싸며, 나는 이곳의 정취에 더욱 깊이 빠져든다. 급히 먹을 필요도, 바삐 움직일 이유도 없는 이 순간, 세상 모든 행복이 내 주위에 머물러 있는 듯하다.

무스티에생트마리
(*Moustiers-Sainte-Marie*),
앙상블 공연

무스티에생트마리
(*Moustiers-Sainte-Marie*),
어린이 관객

이곳은 바쁜 일상과 도시의 소음에서 벗어난 고즈넉한 시골 마을이다. 마을 광장에 선선한 바람이 불어오고, 밤하늘은 깊고 푸른색으로 물든다. '매직 아워*Magic Hour*'의 마법 같은 순간, 거리의 조명과 함께 앙상블이 만들어 내는 악기 소리가 공기를 가득 채운다.

무대 위에는 기타, 색소폰, 바이올린, 베이스를 연주하는 네 명의 연주자들이 자리를 잡고 있다. 낮의 번잡함은 온데간데없이 사라지고, 재즈 선율만이 은은하게 울려 퍼진다. 기타의 따뜻한 음색이 조용히 흐르기 시작하고, 색소폰은 마치 인간의 목소리처럼 공기 속을 타고 퍼진다. 바이올린은 하늘을 스치는 새처럼 날아오르고, 베이스는 연주를 묵직하게 지탱하며 가을밤에 평온함을 더한다.

마을 사람들은 모여 앉아 연주에 귀 기울이며, 재즈로 물든 가을밤에 흠뻑 빠져든다. 지금 이 순간에는 '속도'도 '규칙'도 무의미하다. 재즈 리듬에 따라 마음의 짐을 내려놓고, 낭만을 즐기는 자유로운 영혼이 된다. 아이들은 조용히 발을 구르며 엇갈린 박자로 흥겹게 춤추고, 낯선 이들도 고개를 끄덕이며 음악에 몸을 맡긴다. 누군가는 사랑하는 사람의 손을 꼭 잡고, 누군가는 눈을 감은 채 온전히 선율을 느낀다.

이 밤, 모든 것이 음악과 함께 하나로 녹아든다. 하늘의 마지막 빛줄기가 사라지고, 별들이 하나둘 살포시 떠오른다. 고요한 마을은 연주자의 손끝에서 피어나는 발랄한 울림에 생기를 띤다. 언어를 초월한 가을밤의 음악이 사람들의 마음속에 스며들어, 누구도 외롭지 않다. 콰르텟 *Quartet*이 만들어내는 아름다운 재즈 선율 속에서, 이 마을은 내게 '영원한 사랑'으로 기억될 것이다. 나의 사랑, 무스티에생트마리.

"마을 입구에 발을 들이는 순간, 온화한 파스텔 톤 기운이 전해온다. 피카소의 영혼이 이곳에 이끌렸던 이유도 그러했으리라. 소박한 도자기 화분들이 거리를 거대한 정원으로 만든다. 피카소가 거닐던 골목길을 따라 예술적 영감을 찾는 여정이 지금 시작된다. 여기는 피카소의 도자기 작업장, 발로리스*Vallauris*다."

PROVENCE

Vallauris •

21. 피카소를 홀린
도자기 예술의 중심지
발로리스

Vallauris

발로리스(*Vallauris*), 마을 입구

발로리스(Vallauris), 골목길

입체주의*Cubism* 선구자이자 천재 화가로 불리는 파블로 피카소*Pablo Picasso*. 그가 도자기 작업에 몰두했다는 사실은 다소 생소할 수 있다. 1946년, 앙티브*Antibes*에 머물던 피카소는 우연히 발로리스*Vallauris*에서 열린 연례 도자기 전시를 방문하게 되었고, 그 매력에 단번에 빠져들었다. 당시 그는 이미 유화, 조각, 판화 등 여러 분야에서 독창적인 경지를 이루었지만, 도자기라는 새로운 매체에서 또 다른 예술적 영감을 찾고자 했다. 발로리스의 마두라 공방*Atelier Madoura* 소유주인 수잔 라미에*Suzanne Ramié*를 만나면서 피카소는 본격적으로 도자기 작업에 몰두하기 시작했다.

발로리스의 오랜 전통 속에서 빚어진 도자기들은 피카소의 예술 세계에 깊은 영감을 불어넣었다. 그는 1955년까지 약 9년간 이곳에 머물며 수천 점의 도자기를 창작해 냈다. 그의 손끝에서 탄생한 수많은 작품들은 무한한 상상력을 발휘하며 예술의 새로운 지평을 열었다. 피카소에게 도자기 예술은 감정의 흐름에 순응하며 창의성을 마음껏 발휘한 자유로운 작업이었다.

발로리스(*Vallauris*), 파블로 피카소

발로리스(*Vallauris*),
예배당의 '전쟁과 평화' 벽화

발로리스(Vallauris), 도자기 작업

발로리스는 도예가의 도시다. 대자연이 선사한 풍부한 점토 덕분에, 발로리스는 흙에서 피어난 도자기 예술의 꽃으로 성장했으며, 19세기에 이르러서는 프랑스 도자기 산업의 요람으로 자리매김했다. 이후 피카소는 마두라 공방에서 창조적 열정을 쏟아부었고, 그의 혁신적인 손길로 발로리스의 도자기 예술은 더욱 빛나게 되었다.

발로리스의 피카소 국립 미술관 *Musée National Picasso*을 방문하면, 피카소가 도자기를 통해 그의 독창적인 예술 세계를 어떻게 표현했는지 직접 감상할 수 있다. 미술관은 3층 규모로, 피카소의 도자기 작품 외에도 현대미술 작품을 전시하는 공간이 마련되어 있다. 12세기에 지어진 예배당, 흔히 '평화의 채플'이라 불리는 신성한 공간에 들어서면 피카소의 장대한 벽화 《전쟁과 평화 *La Guerre et la Paix*》가 눈앞에 펼쳐진다. 피카소는 이 작품을 1952년에 시작하여 1954년에 완성했으며, 제2차 세계대전과 한국전쟁의 비극을 알리는 동시에 인류에게 평화의 가치를 전하려는 깊은 염원을 담고 있다.

발로리스(Vallauris), 피카소 국립 미술관

발로리스(*Vallauris*),
피카소 도자기 작품들

피카소는 오랜 세월 이어져 내려온 도예 기술을 손끝으로 전수받아, 그의 천재적인 예술혼을 흙과 하나로 엮어 냈다. 그의 손길이 닿는 순간, 무덤덤했던 점토는 그가 바라본 풍경과 느낀 감정을 고스란히 담아내며 사람, 동물, 신화적 캐릭터, 일상의 모습으로 생명력을 얻었다. 이러한 작업은 피카소의 고유한 스타일을 유지하면서도, 새로운 감각과 혁신적인 변화를 동시에 수용한 예술적 실험이었다.

피카소는 작업 과정에서 발생하는 우연성과 즉흥성을 무엇보다 소중히 여겼다. 그의 도자기 작품에는 이러한 자유롭고 솔직한 감정이 자연스럽게 스며들어 있다. 완벽함을 추구하려는 집착도, 과장된 아름다움에 대한 욕망도 없다. 예술혼이 타오르는 순간이 고스란히 점토 위에 새겨질 뿐이다. 삶을 있는 그대로 받아들이는 너그러운 태도와, 때로는 거칠고 유머러스하면서도 세상을 따뜻하게 바라보는 그의 시선이 작품 속에 담겨 있다.

가끔은 피카소의 도자기 작품처럼 살아보는 것도 나쁘지 않을 것 같다. 완벽함을 추구하는 집착도, 과장된 아름다움에 대한 갈망도 잠시 내려놓자. 순간의 감정과 자유로운 표현을 있는 그대로 받아들이며 살아가자. 그 속에서 삶의 진정한 아름다움과 여유를 발견할 수 있을지도 모르니까.

발로리스(*Vallauris*), 피카소 도자기 작품들

1953년, 피카소는 마두라 공방에서 운명처럼 그의 인생 마지막 뮤즈이자 두 번째 아내가 될 자클린 로크 *Jacqueline Roque*를 만난다. 그녀의 우아한 자태와 고요한 미소에 깊이 빠져든 피카소는 자클린을 그의 작품 속에 영원히 자리하게 한다. 두 사람의 사랑은 세월을 거쳐 1961년 결혼으로 결실을 맺었고, 자클린은 피카소가 세상을 떠날 때까지 그의 곁을 지켰다.

발로리스(*Vallauris*),
현대미술 갤러리

발로리스(*Vallauris*),
마두라 공방(*Atelier Madoura*)

발로리스(Vallauris),
'도예인' 타일이 붙은 작업실

'도예인'이라 적힌 타일이 붙어 있는 어느 도예가*Potier* 의
작업실이 눈에 들어온다. 발로리스에서 한글을 보게 될
줄이야. 전 세계 언어로 도예가의 공간을 정겹게 꾸민 모
습이 인상적이다.

'여기에 우리는 잘 있다'라는 뜻의 프로방스 방언 '아키
씨암벤*Aqui Siam Ben*'은 피카소가 발로리스에서 활동할
때 남긴 유명한 문구다. 축구공 위에서 경쾌하게 아코디
언을 연주하는 유머러스한 도자기 조형물이 아키씨암벤
갤러리 벽면에 걸려 있다. 이 작품은 삶의 리듬과 놀이가
하나로 어우러진 프로방스의 따뜻한 정서와 예술적 자유를
잘 보여 준다.

발로리스(Vallauris),
도자기 갤러리(*Galerie Aqui Siam Ben*)

발로리스(Vallauris),
루드비히 베멜만스의 '마들린'
시리즈 접시

피카소 국립 미술관에서 루드비히 베멜만스*Ludwig Bemelmans*의 접시를 보았을 때, 어린 시절 동화 속으로 빠져드는 기분이었다. 오스트리아 태생의 미국 작가이자 화가인 베멜만스는 주로 아동 문학 분야에서 유명하며, 특히 '마들린 *Madeline*' 시리즈로 잘 알려져 있다. 파리의 기숙학교에서 생활하는 소녀 마들린의 이야기를 그린 이 시리즈는 독특한 일러스트와 따뜻한 이야기로 많은 사랑을 받았다. 그의 작품에는 단순하면서도 감성적인 그림체로 파리의 풍경과 분위기가 아름답게 묘사되어 있다.

특히 파리의 콩코르드*Concorde* 광장과 몽마르트르 언덕 사크레쾨르*Sacré-Cœur* 대성당을 표현한 〈마들린*Madeline*〉 접시 시리즈는 도자기 접시의 부드러운 곡선 위에 생동감 있게 그려졌다. 그 접시에 시선이 머문 순간, 텐꼬르소꼬모 *10Corso Como* 매장에서 보았던 이탈리아 도자기 브랜드 '지노리*Ginori* 1735'의 〈프로푸미 루키노*Profumi Luchino*〉 접시 시리즈가 머릿속에 떠올랐다.

영국의 아티스트이자 디자이너인 루크 에드워드 홀*Luke Edward Hall*이 전 세계를 여행하며 받은 영감을 경쾌하게 풀어낸 이 접시들은 영국의 코츠월드*Cotswolds*, 모로코의 마라케시*Marrakech*, 인도의 라자스탄*Rajasthan*, 캘리포니아의 빅서*Big Sur*, 이탈리아의 베네치아*Venice* 등, 각 도시의 건축 양식과 색채, 사람들, 음식에서 느낀 매력을 재치 있게 담고 있다. 서로 다른 두 작가의 작품이지만, 그들의 접시 위에 담긴 경쾌한 드로잉에는 삶에 대한 애정이 한 스푼씩 더해져 있다.

베멜만스의 접시에서는 파리의 따뜻한 분위기와 마들린의 동화적 세계관이 보인다. 반면, 홀의 접시는 과감한 색채와 장난기 넘치는 디자인으로 창의적이고 낙천적인 감정을 잘 표현하고 있다. 그들의 작품을 떠올리며 나도 나만의 이야기를 담은 〈카페발랑솔 *Cafe Valensole*〉 접시 시리즈를 만들어 보고 싶다는 생각이 들었다. 가장 강렬한 인상을 남긴 세 곳의 이야기를 담아내면 어떨까?

지지 않는 별처럼 영원을 상징하는 무스티에생트마리 *Moustiers-Sainte-Marie*, 보랏빛 라벤더가 끝없이 펼쳐진 발랑솔 *Valensole*, 그리고 샤갈의 사랑이 숨 쉬는 생폴드방스 *Saint-Paul-de-Vence*. 이 도시들에서 느꼈던 감정과 기억을 베멜만스와 홀처럼 장난스럽고 유머러스하게, 그러나 진심을 담아 표현하리라.

'무스티에생트마리 접시'에는 끝없는 사랑과 지지 않는 별을 담으려 한다. 언제나 그 자리를 지키고 있는 황금별과 그 아래 평화로운 예배당을 별빛이 물든 풍경으로 표현해 볼 생각이다. '발랑솔 접시'에는 라벤더 꽃잎처럼 부드러운 보라색 선들이 춤추듯 펼쳐지고, 그 사이로 손을 맞잡은 연인의 실루엣이 잔잔하게 그려질 것이다. '생폴드방스 접시'에는 샤갈의 그림 속 연인들이 하늘을 나는 모습처럼 꽃과 새들이 가득하고, 하트와 함께 따뜻한 마을 풍경이 어우러지면 어떨까?

루크 에드워드 홀처럼 과감한 색채와 자유로운 선을 사용하면서도, 루드비히 베멜만스처럼 간결하고 따뜻한 붓터치로 각 마을의 인상적인 이미지를 부드럽게 담아낼 것이다. 추억은 여러 겹의 레이어처럼 차곡차곡 쌓여가니까. 하나의 기억 위에 또 다른 추억이 덧입혀지며, 시간이 지나도 그 본질은 사라지지 않고 더 깊고 풍부해진다.

발로리스(*Vallauris*), 질감

여행에서 얻은 감정들, 느꼈던 순간들은 이렇게 겹겹이 쌓여 지금의 나를 만든다. 추억을 담아낸 접시 하나하나가 그런 레이어링된 기억의 퍼즐 조각 같은 셈이다. 그 속에는 시간과 감정이 켜켜이 담긴, 특별한 인생 이야기가 녹아 있다. 어딘가에 있을 나와 같은 누군가에게, 내가 만든 접시들이 또 다른 영감을 줄 수 있기를 바란다.

"수많은 예술가들의 혼을 사로잡은 찬란한 빛의 요람, 무쟁*Mougins*. 피카소의 마지막 숨결이 남아 있는 이 길을 조용히 걸으며, 그의 삶과 예술이 깃든 시간을 떠올린다. 세계적인 거장이 생애 마지막 순간 머물렀던 이 마을은 여전히 그가 사랑했던 빛과 색으로 가득하다. 피카소가 그랬듯, 나 역시 이곳에서 새로운 영감을 찾고 있다. 그의 발자취를 따라 걷고, 그가 바라본 세상을 카메라에 담으려 한다."

PROVENCE

Mougins ●

22. │ 피카소의 마지막 아틀리에
무쟁

Mougins

무쟁(*Mougins*), 마을 전경

무쟁(*Mougins*), 가을 빛

무쟁*Mougin*의 가을 빛은 탐스럽고, 무쟁의 가을 색은 고요하다.
피카소의 마지막 아틀리에*Atelier*가 있는 무쟁의 옛 시간 속으로 들어간다.

무쟁(*Mougins*), 가을 색

무쟁(Mougins),
그림자

프랑스어로 '사랑'을 뜻하는 말은 '아무르*Amour*'다. 순수하고 담백한 어감의 '러브'와는 달리, '아무르'는 에로틱하고 끈적이는 느낌이다. 나는 마르크 샤갈*Marc Chagall*의 지고지순한 러브 스토리를 좋아하지만, 피카소의 사랑은 어딘가 '아무르'라는 단어와 더 잘 어울린다.

수많은 여인과 사랑에 빠진 열정적인 천재 예술가 피카소! 그는 오만 점에 이르는 작품을 창조해 낸 동시에, 마초적 본능에 이끌려 여인을 마치 작품의 일부처럼 탐닉하고 지배하며 자신의 세계로 끌어들였다. 그의 사랑은 예술만큼이나 강렬하고 치열했다.

무쟁(Mougins),
노트르담드비
(Notre-Dame de Vie)
예배당과 저택

피카소는 폴 세잔 *Paul Cézanne* 이 사랑한 생트빅투아르산 *Montagne Sainte-Victoire* 의 경이로운 아름다움에 깊이 매료되었다. 1958년 그는 생트빅투아르산 기슭에 자리한 보브나르그성 *Château de Vauvenargues* 을 구입해 창작 활동을 이어갔다. 처음에는 보브나르그에 정착할 생각이었으나, 80대에 접어든 그는 칸 *Cannes* 의 병원을 오가는 일이 점점 힘겨워지며 결국 새로운 거주지를 찾기 시작했다.

1961년, 피카소는 기네스 가문의 전통적인 프로방스 바스티드*Bastide*를 사들여 미래의 아내 재클린*Jacqueline*에게 결혼 선물로 바쳤다. 이 저택은 근처 예배당의 이름을 따와 노트르담드비*Notre-Dame de Vie*라 불렸다. 피카소와 재클린의 사랑이 깃든 이곳은 이후 그들의 저택이자 피카소의 작업 공간이 되었다.

1973년, 피카소는 이곳에서 생애 마지막 순간을 맞이했고, 노트르담드비는 그의 '마지막 아틀리에'로 남게 되었다. 그로부터 13년 후, 피카소를 그리워하던 재클린 역시 같은 장소에서 스스로 삶을 마감했다. 노트르담드비는 사랑과 열정, 그리움과 상실의 흔적을 고스란히 품고 있다. 저택의 이름인 '비*Vie*', 곧 '생명'을 뜻하는 이 단어는 그들의 이야기를 되새길수록 묘한 역설로 다가온다.

노트르담드비는 높은 구릉지에 자리하고 있어 멀리 칸 만과 지중해를 내려다볼 수 있다. 하늘을 배경으로 언덕 꼭대기에 자리한 무쟁 옛 마을의 실루엣도 눈에 들어온다. 저택에서 가장 특별한 공간은 피카소가 마지막 작품들을 완성했던 작업실로, 그가 사용했던 물감 자국이 지금까지도 남아 있다고 전해진다. 이 작업실은 예배당 옆 작은 문과 연결되어 있었지만, 현재는 개인 소유의 프라이빗 레지던스로 바뀌어 더 이상 일반인에게 공개되지 않는다.

무쟁(*Mougins*), 피카소 산책길

노트르담드비 예배당 옆에는 키 큰 피렌체 노송나무들이 줄지어 서 있다. '피카소의 산책로'로 불리는 이 길을 걷다 보면, 고요하고 평화로운 분위기가 이탈리아의 토스카나 *Toscana* 지역을 떠올리게 한다. 예배당을 둘러싼 사이프러스 나무들은 피카소에게 영감을 주어 그의 작품 속에 종종 등장하곤 한다.

피카소의 삶은 예술로 가득 차 있었지만, 동시에 수많은 여성들과의 복잡한 관계로 점철되어 있었다. 그는 사랑과 욕망을 예술의 원천으로 삼아 끊임없이 창조하면서도, 때로는 파괴를 통해 새로운 길을 열었다. 피카소에게 여성들은 단순히 뮤즈로 머무르지 않았다. 그들은 그의 삶과 예술을 함께 빚어낸 존재들이었다. 그러나 그 강렬한 관계들은 종종 깊은 상처와 슬픔을 남기며, 예술만큼이나 치열했던 그의 사랑을 드러냈다.

처음엔 그 사랑이 뜨겁고 열정적이었다. 피카소는 여성들을 마주할 때마다 새로운 세계를 발견하듯, 그녀들의 얼굴과 몸짓을 화폭에 담았다. 우울한 청색 시절을 따뜻한 장밋빛 세계로 이끈 '페르낭드 올리비에*Fernande Olivier*', 입체파 시절을 함께했던 연인 '에바 구엘*Eva Gouel*', 러시아 출신 발레리나로 피카소의 첫 번째 아내가 된 '올가 코클로바*Olga Khokhlova*', 그의 사랑을 평생 간직했던 17세 소녀 '마리 테레즈*Marie Thérèse*', 역작 게르니카*Guernica*에 영향을 준 사진작가 '도라 마르*Dora Maar*', 피카소의 여성 편력을 세상에 드러낸 화가 '프랑수아즈 질로*Françoise Gilot*', 그리고 그의 마지막을 지키며 곁을 떠나지 않았던 뮤즈 '재클린 로크*Jacqueline Roque*'까지.

이 여성들은 피카소가 예술의 새로운 경계를 넘나들 수 있도록 해준 영감의 원천이었다. 그의 열정은 예술혼으로 승화되어 불꽃처럼 타올랐지만, 그 뜨거운 열기는 결국 주변을 태우고 말았다. 도라 마르는 그의 손끝에서 피어났지만, 지독한 애증 속에서 끝내 상처를 입었다. 마리 테레즈는 사랑이 서서히 사라져가는 모습을 지켜볼 수밖에 없었다. 재클린 로크는 피카소의 마지막 고독을 감싸 안았지만, 그 고독은 결국 그녀 자신을 삼켜버리고 말았다.

피카소의 삶은 사랑과 창작이 얽혀 하나로 이어진 격정적인 여정이었다. 그는 사랑을 통해 창작했고, 창작을 통해 사랑했다. 하지만 그 관계들은 종종 파괴와 고통을 동반하며 그의 예술 세계를 더욱 강렬하게 만들었다.

무젱(Mougins), 무심한 럭셔리

내게 무쟁은 애틋함이 깃든 소도시 중 하나다. 이 작은 마을은 'Laid-back Luxury'라는 표현을 떠올리게 한다. 이를 굳이 번역하자면 '무심한 럭셔리' 혹은 '냉담한 우아함'이라 할 수 있다. 무쟁은 전형적인 화려함을 과시하지 않으면서도, 은근한 고급스러움과 절제된 태도로 세련미를 드러낸다.

무쟁에서 만난 사람들, 그들의 패션은 파리*Paris*의 무드와 비슷한 듯 색다르다. 파리가 다채로운 표정을 지닌 화려한 여인이라면, 무쟁은 말수가 적고 새침한 소녀다. 멋지게 차려입은 무쟁의 패셔니스타*Fashionista*들이 오래된 골목 저편으로 사라져간다. 화려하면서도 무심한 모습이 만들어 내는 독특한 풍경, 그것이 무쟁에서 받은 야릇한 인상이다. 피카소가 흙을 빚고 물감을 만지며 수년을 보낸 아틀리에에서 느낄 수 있는 세월의 냄새가 난다.

무쟁(*Mougins*), 냉담한 패션

무쟁(*Mougins*), 성 야고보 교회(*Église St. Jacques*)

마을 사람들이 하나둘 성 야고보 교회*Église St. Jacques*로 모여든다. 오늘은 한 아기의 유아 세례식이 열리는 날이다. 부모와 대부모는 고요한 교회 안에 자리를 잡고, 아기의 신앙을 서약하며 축복을 기원한다. 성스러운 물방울이 하늘의 은총처럼 아기의 머리 위로 부드럽게 떨어지는 순간, 마을 사람들의 시선이 따뜻한 미소와 기도로 가득하다.

교회 오르간에서 익숙한 멜로디가 흘러나온다. 요한 세바스티안 바흐*Johann Sebastian Bach*가 작곡한 교회 칸타타 *Cantata*, 《예수, 인류 소망의 기쁨*Jesu, Joy of Man's Desiring*》이 울려 퍼진다. 경건한 선율이 성스러운 공간을 가득 채우며 사람들의 마음속에 깊이 스며든다. 나는 손에 든 카메라를 고쳐 쥐고, 이 성스러운 순간을 기록하기 위해 조용히 숨을 고른다.

무쟁(Mougins), 오르간 연주자

무쟁(*Mougins*), 유아 세례식

무쟁(Mougins), 남매

무쟁(Mougins), 해 돋 무렵

무쟁(*Mougins*), 한 낮에

무쟁에서 머물렀던 호텔은 리셉션과 바가 한 공간에 자리한 독특한 구조를 하고 있었다. 요즘 수많은 호텔들이 예술과 공존하는 공간을 선보이지만, 이곳은 한층 더 뮤지엄 같은 분위기를 풍기고 있었다. 리셉션과 연결된 작은 비스트로*Bistro*에서 해지는 풍경을 바라보니 내가 익숙히 살아오던 세상과는 전혀 다른 풍경이 눈앞에 펼쳐진다. 그 광경은 오랜 기다림 끝에 비로소 허락된, 큰 대가를 치르고 얻은 보상처럼 느껴졌다.

여행을 하다 보면, 종종 현지인들과는 다른 시선으로 세상을 바라보게 된다. 그리고 때로는 나의 삶과 여행이 맞닿는 지점에서, 새로운 안목과 지평이 열리는 특별한 깨달음을 마주하게 된다. 매년 9월 중순이 되면 '무쟁의 별들*Les Étoiles de Mougins*'로 불리는 국제 미식 축제가 열린다. 세계 각지에서 모인 셰프들이 요리 시연과 워크숍, 다양한 미식 행사를 선보이며 축제의 분위기를 더한다. 미식의 도시로 불리는 무쟁에서 특별한 식사를 경험하고 싶었던 나는, '라망디에 드 무쟁*L'amandier de Mougins*'이라는 고급 레스토랑을 찾아갔다.

무쟁(*Mougins*), 해 질 무렵

무쟁(*Mougins*),
라망디에드무쟁(*L'amandier de Mougins*)
레스토랑

라망디에드무쟁은 피카소가 자주 찾던 레스토랑으로, 전통적인 프랑스 요리를 현대적으로 재해석한 창의적인 요리로 잘 알려져 있다. 완두콩과 새우 수프, 농어 요리, 그리고 해산물 코스가 차분하게 이어진다. 창밖으로는 바람에 흔들리는 나뭇가지와 애틋하게 사라져 가는 석양빛이 어우러져 눈과 마음을 함께 사로잡는다.

맛있는 요리와 와인에 살짝 취한 밤, 마음속에 잔잔하고 몽글몽글한 감정이 고요히 피어오른다. 오늘만큼은 카메라를 잠시 내려 둔다. 낯선 도시의 침대 옆, 흐릿한 조명을 켜고 찍어 둔 사진들을 하나하나 살펴보니, 지나온 수많은 순간들이 머릿속을 스쳐 지나간다. 오늘 밤도 그렇게 또 하나의 소중한 추억이 깊이 새겨진다.

"솜사탕 같은 구름과 푸른 하늘, 붉은 지붕과 고풍스런 돌담. 이것이 생폴드방스 *Saint-Paul-de-Vence* 의 첫 인상이다. 차를 세우고 멀리 마을을 바라보니, 마르크 샤갈이 사랑한 도시의 풍경이 펼쳐진다. 그의 붓끝에서 춤을 추던 푸른 색채와 하늘을 나는 연인들이 눈앞에 생생히 그려진다. 생폴드방스는 샤갈이 꿈꾼 화폭 속에서 툭 튀어나온 듯, 현실과 환상의 경계를 허무는 독특한 분위기를 품고 있다. 이곳에서 샤갈은 사랑을 노래하고, 꿈을 그리며, 자유롭게 날아올랐으리라."

PROVENCE

Saint-Paul-de-Vence •

23.   샤갈의 사랑이 깊이 잠든 곳
       생폴드방스

Saint-Paul-de-Vence

생폴드방스(*Saint-Paul-de-Vence*), 샤갈이 사랑한 도시

생폴드방스(Saint-Paul-de-Vence), 개인의 원밤

하늘에서 내려다본 생폴드방스 *Saint-Paul-de-Vence* 는 회색 성벽 안에 붉게 석화된 '거인의 왼발'처럼 보인다. 구불구불 이어진 돌담과 골목길은 그 발에 새겨진 신경 다발처럼 도시 곳곳에 생명과 역사를 전하고 있다. 그 발꿈치 아래 자리한 마을 묘지에는 거장 마르크 샤갈 *Marc Chagall* 의 사랑이 고요히 잠들어 있다. 샤갈은 생폴드방스를 자신의 사랑과 예술의 안식처로 삼았고, 이제 그 사랑과 함께 영원한 꿈을 꾸고 있다.

이 작은 마을이 샤갈에게 준 가장 큰 선물은 바로 평온이었다. 그는 제2차 세계대전 속에서 혼란과 비극을 겪었다. 전쟁이 일어나자, 유대인이었던 샤갈과 그의 아내 벨라 *Bella* 는 나치 독일의 위협을 피해 미국으로 망명했다. 그러나 1944년, 벨라가 병으로 세상을 떠나면서 샤갈은 깊은 상실감에 빠졌다. 그녀의 죽음은 그에게 엄청난 충격이었고, 그는 오랫동안 아내를 잃은 현실을 받아들이지 못했다.

생폴드방스는 샤갈의 그리움과 슬픔에 조용히 응답했다. 벨라와 나눴던 핑크빛 사랑은 그의 붓질을 통해 다시 태어나 이곳에서 영원히 살아 숨 쉬고 있다. 저 멀리 지중해가 눈에 들어온다. 하늘과 바다가 만나는 그 경계에서 샤갈이 느꼈을 자유를 떠올려 본다. 그가 사랑했던 자유와 그리워했던 꿈들이 저 수평선 위로 끝없이 뻗어 나가는 듯하다.

생폴드방스(*Saint-Paul-de-Vence*), 지중해를 바라보며

생폴드방스(*Saint-Paul-de-Vence*),
집으로

생폴드방스
(*Saint-Paul-de-Vence*), 쉼

생폴드방스(Saint-Paul-de-Vence), 사진 갤러리

생폴드방스(Saint-Paul-de-Vence), 자로드 콩피즈리(Jarod's Confiserie)

생폴드방스(*Saint-Paul-de-Vence*), 화분

생폴드방스의 전통 과자점, 자로드 콩피즈리*Jarod's Confiserie* 앞에 멈춰 선다. 콩피즈리*Confiserie*는 프랑스어로 과자점을 뜻한다. 간판에는 몽텔리마르 누가*Nougat de Montélimar*, 과일 젤리*Pâte de Fruits*, 엑상프로방스 칼리송*Calisson d'Aix* 등 주요 상품이 적혀 있다. 가게 안으로 들어서니 나무 선반과 따뜻한 조명이 어우러져 고풍스럽고 아늑한 분위기를 자아낸다.

몽텔리마르*Montélimar*의 전통 누가는 아몬드와 꿀을 기본으로 만들어진다. 꿀과 설탕을 천천히 녹인 후, 거품 낸 달걀 흰자를 섞어 부드러운 질감을 낸다. 여기에 아몬드나 피스타치오 같은 견과류를 올려 틀에 넣고 굳힌다. 반면, 엑상프로방스 칼리송은 아몬드와 설탕, 멜론, 오렌지 껍질로 만든 부드러운 페이스트*Paste*로, 얇은 웨이퍼 위에 펴서 설탕 코팅을 입혀 건조시킨 달콤한 간식이다.

누가와 칼리송을 한 봉지씩 사 들고 가게 문을 나선다. 무거운 카메라를 들고 세상을 열심히 담다 보면 에너지가 서서히 고갈된다. 머리가 어질어질하고 손끝이 차가워질 즈음, 달콤한 간식이 필요해진다. 입안에서 부드럽게 녹아내리는 누가의 달콤함과 칼리송의 향긋함이 고된 피로를 녹이며 새로운 활력을 불어넣는다.

생폴드방스(Saint-Paul-de-Vence), 마그 재단 미술관(Fondation Maeght)

마그 재단 미술관Fondation Maeght은 생폴드방스의 언덕 위에 고요히 자리 잡고 있다. 1964년에 설립된 이 미술관은 에메 마그Aimé Maeght와 그의 아내 마르그리트 마그Marguerite Maeght의 사랑과 열정이 빚어낸 결실이다. 그들의 마음 한편에는 잃어버린 아들 베르나르Bernard에 대한 깊은 슬픔이 자리하고 있다. 이 슬픔은 곧 예술가들에게 창작의 자유와 영감을 선사하는 공간으로 승화되었다.

마그 부부는 시대를 대표하는 거장들과 깊은 인연을 맺고 있었다. 파블로 피카소Pablo Picasso, 마르크 샤갈Marc Chagall, 조르주 브라크Georges Braque, 조안 미로Joan Miró, 알베르토 자코메티Alberto Giacometti 등, 이들의 작품은 미술관 곳곳에서 여전히 살아 숨 쉬고 있다. 특히 샤갈은 미술관이 문을 열던 순간부터 중심에 있었다. 그는 첫 전시자 중 한 명이었을 뿐만 아니라, 미술관에 영혼을 불어넣은 후원자였다. 오늘날 그의 회화와 다양한 설치물들은 미술관의 상징적인 컬렉션으로 자리매김했다.

이 미술관은 스페인 건축가 호세 루이스 세르트José Luis Sert가 설계했다. 자연과 예술이 완벽한 조화를 이루는 이 공간은 그 자체로 하나의 예술 작품이다. 빛과 그림자가 춤추는 듯한 조각 정원과 푸른 하늘 아래 고요히 서 있는 현대적 건축물은 관람객들에게 깊은 예술적 감동을 선사한다.

《인생*La Vie*》은 샤갈의 초현실주의 작품으로, 특유의 몽환
적이고 상징적인 스타일을 잘 보여준다. 사랑과 꿈, 인간의
감정과 환상이 어우러진 복합적인 장면들로 구성된 이 작품
속에는 비현실적으로 떠다니는 사람과 동물, 악기들이 등장
하며, 다채로운 색채와 함께 샤갈의 내면이 시적으로 잘 표
현되어 있다.

샤갈의 첫 아내 벨라 로젠펠드*Bella Rosenfeld*는 그의 작품
속에서 끊임없이 떠오르는 빛과 같은 존재다. 샤갈의 화폭
속에서 두 사람은 현실의 중력을 거부하며 자유롭게 유영하
는 연인으로 자주 그려진다. 그러나 1944년 벨라가 세상을
떠난 뒤, 샤갈의 마음에는 깊은 슬픔과 어두운 그림자가 드
리워졌다. 하지만 그들의 사랑은 죽음조차 가로막을 수 없
었다. 벨라는 샤갈의 캔버스에서 여전히 살아 숨 쉬며, 그는
그녀를 기억 속에서 그리고 또 그렸다. 현실에서는 비록 이
별했지만, 그의 그림 속에서 그들은 늘 함께하는 '영원한 사
랑'으로 남아 있다.

생폴드방스
(*Saint-Paul-de-Vence*),
《인생(*La Vie*)》

라 비 *la vie*, 사랑의 인생

푸른 하늘을 나는 연인들
손을 맞잡고 구름 위를 걷네
샤갈의 붓끝에서 부활한 그녀
그리움은 꿈길을 낸다

붉은 태양 아래 춤꾼들
희망과 슬픔이 어우러진 세상 속
인생은 환상의 무대 위에서
빛과 색으로 한껏 춤을 춘다

새가 되어 날아오른 사람들
무게를 잊은 채 가볍게 떠다닌다
그의 눈은 옛사랑에 젖고
그의 삶은 한 편의 시가 된다

비현실 속 현실을 살던 샤갈
사랑의 힘으로 다시 날아오르고
그들의 영혼은 캔버스 위에서
영원히 살아 숨 쉰다

생폴드방스(*Saint-Paul-de-Vence*),
마르크 샤갈(*Marc Chagall*)

1949년, 프랑스로 돌아온 샤갈은 생폴드방스 인근 벙스*Vence*에 정착했다. 1952년에는 파리에서 발렌티나 브로데스코바*Valentina Brodskaya*를 만났다. 그녀는 샤갈의 예술적 재능을 깊이 이해하고 존경했으며, 두 사람은 빠르게 가까워졌다. 그녀는 샤갈에게 큰 안정감을 주었고, 곧 결혼하여 그의 창작과 삶을 든든히 지원하는 동반자가 되었다.

1966년 샤갈은 생폴드방스의 라콜린*La Colline*으로 이사해, 생을 마감할 때까지 작품 활동에 전념했다. 그는 창조적 열망을 담아 집 곳곳을 작업실로 바꾸었고, 이곳에서 회화뿐만 아니라 빛을 담은 스테인드글라스도 제작했다. 또한, 흙을 빚어 세라믹에 생명을 불어넣고 돌과 금속을 다루며 조각 작품을 탄생시키는 등 다양한 예술 분야에 열정을 쏟았다.

생폴드방스(Saint-Paul-de-Vence), 샤갈의 무덤

샤갈의 무덤은 생폴드방스 마을 묘지 한편에 소박하게 자리하고 있다. 묘비에는 세 사람의 이름이 나란히 새겨져 있다.

MARC CHAGALL 1887-1985,

VAVA CHAGALL 1905-1993,

MICHEL BRODSKY 1913-1997

바바*Vava*는 샤갈의 두 번째 아내 발렌티나의 애칭이다. 샤갈이 세상을 떠난 후, 1993년 그녀는 그의 곁에 나란히 묻혔다. 그리고 묘비에는 또 다른 이름, 미셸 브로데스키 *Michel Brodsky*가 새겨져 있다. 그는 발렌티나의 친동생으로, 그녀와 가장 가까운 가족이었다. 미셸 또한 세상을 떠난 후 누나와 매형 곁에 함께 잠들었다.

샤갈의 무덤 위에는 작은 돌들이 옹기종기 놓여 있다. 유대인의 오랜 전통에 따라 추모객들은 꽃 대신 돌을 올려놓는다. 히브리어로 '마쩨바*Matzevah*'라 불리는 이 돌은 사랑하는 사람에 대한 기억의 무게를 상징하며, 그와의 추억이 돌처럼 변치 않기를 바라는 간절한 마음을 담고 있다. 나도 작은 돌 하나를 조심스레 그 자리에 얹는다. 그리움과 존경을 담아, 샤갈이 영원히 기억되길 바라며.

생폴드방스
(*Saint-Paul-de-Vence*),
가을 빛

생폴드방스(*Saint-Paul-de-Vence*), 가을 속으로

생폴드방스
(*Saint-Paul-de-Vence*),
가을 포도

생폴드방스(*Saint-Paul-de-Vence*),
레엉파르(*Les Remparts*) 레스토랑

생폴드방스(*Saint-Paul-de-Vence*), 돌아오는 길

'성벽'이란 뜻의 '레엉파르*Les Remparts*' 레스토랑에서 가벼운 저녁 식사를 마치고 숙소로 발길을 돌린다. 흐릿해지는 기억처럼 피어오르는 레트로*Retro* 감성의 등불, 그 따스한 노란빛이 길을 부드럽게 비춘다. 밤의 고요함 속에서 들려오는 소리는 오직 내 발걸음뿐.

생폴드방스(Saint-Paul-de-Vence), 아침 햇살

아침 햇살이 생폴드방스의 성벽을 부드럽게 감싸며 고요한 하루가 시작된다. 그 빛이 좋아 동녘 성벽길을 따라 걷는다. 따스한 가을 햇살의 눈부심과 발끝에 닿는 차가운 자갈의 감촉. "내가 살아있구나!" 오감을 타고 느껴지는 삶의 희열에 감탄하며 발걸음을 옮긴다. 살랑이는 산간 바람이 얼굴을 스치고, 멀리서 들려오는 새들의 지저귐과 나뭇잎의 속삭임까지 귀에 맴돈다.

"그래, 진정 살아 있구나!"

샤갈이 그토록 사랑했던 생폴드방스는 현실과 환상의 경계가 흐려지는 곳이다. 그가 꿈꾸던 하늘과 땅이 만나는 공간에서, 나 역시 그가 그리던 꿈의 한 조각을 마주한다. 첨탑 사이로 스며드는 빛, 성벽 너머로 펼쳐지는 올리브 숲길. 그 모든 풍경이 나를 포근히 감싸며 마음 깊은 곳에 잔잔한 평온을 선사한다. 참으로 고요하고 따스한 아침이다.

생폴드방스
(Saint-Paul-de-Vence),
창밖 풍경

"지중해 푸른 물결이 출렁이는 카뉴쉬르메르*Cagnes-sur-Mer*. 이곳 작은 언덕에는 르누아르가 생애 마지막 시간을 보낸 고요한 안식처가 자리하고 있다. 올리브 나무 사이로 보이는 그리말디성*Château Grimaldi*과 오드카뉴*Haut-de-Cagnes* 언덕의 풍경은 그의 그림을 닮은 듯하다. 굳어버린 손가락을 어루만지며 저 멀리 펼쳐진 풍경을 바라보았을 르누아르의 모습이 떠오른다. 나도 그의 마지막 순간을 떠올리며 그 자리에 서 있다. 그의 고독을 함께 느끼며."

PROVENCE

Cagnes-sur-Mer ●

24. 르누아르의 색채를 닮은
카뉴쉬르메르

Cagnes-sur-Mer

카뉴쉬르메르(*Cagnes-sur-Mer*), 르누아르가 바라본 풍경

피에르-오귀스트 르누아르 *Pierre-Auguste Renoir* 는 클로드 모네 *Claude Monet*, 프레데리크 바지유 *Frédéric Bazille* 와 형제처럼 지냈다. 모네는 르누아르에게 끊임없는 예술적 영감을 주었고, 바지유는 넉넉한 재산으로 그에게 여유를 나눠주었다. 바지유는 넓은 작업실을 빌려 르누아르와 함께 생활하며 물감과 캔버스를 아낌없이 내주었다. 가난한 르누아르에게 그는 수호천사 같은 존재였다.

셋은 언젠가 함께 전시회를 열기로 약속했지만, 1870년 보불전쟁이 모든 것을 뒤흔들었다. 르누아르와 바지유는 전쟁터로 끌려갔고, 결국 바지유는 참혹한 전장에서 영영 돌아오지 못했다. 르누아르는 친구의 죽음을 가슴에 안고도 예술에 대한 열정을 놓지 않았고, 결국 모네와 함께 셋이 꿈꾸었던 전시회를 이루어냈다.

1874년, 파리의 작은 사진 스튜디오에서 예술계의 혁명과도 같은 사건이 일어났다. 르누아르와 모네, 폴 세잔 *Paul Cézanne* 을 비롯한 젊은 화가들은 전통과 규범에서 벗어나 자신들만의 독창적인 예술을 대중 앞에 선보였다. 그 새로운 물결은 이후 '인상주의 *Impressionism*'라는 이름으로 미술사에 영원히 남게 된다. 당시 보수적인 미술계에서는 이 전시를 두고 '완성되지 않은, 순간적인 인상'이라 비판했지만, 그것은 곧 그들의 독창적 예술을 설명하는 가장 적절한 용어로 자리 잡았다.

카뉴쉬르메르(*Cagnes-sur-Mer*), 그리말디성(*Château Grimaldi*)과 오드카뉴(*Haut-de-Cagnes*)

카뉴쉬르메르(*Cagnes-sur-Mer*), 올리브 숲

카뉴쉬르메르(*Cagnes-sur-Mer*), 르느와르의 저택, 레콜레트(*Les Collettes*)

혹독한 악평에도 불구하고 유독 르누아르만은 긍정적인 평가를 받았다. 그의 그림 앞에 선 이들은 따뜻하고 생동감 넘치는 색채에 홀린 듯 마음이 사르르 녹아내렸다. 르누아르의 기법은 모네*Monet*나 드가*Degas*처럼 파격적이었지만, 그의 작품에는 그 너머에 따스한 온기가 깃들어 있었다. 보불 전쟁의 상처를 안고 살아가던 파리지앵들은 그의 그림에서 전쟁의 후유증을 잠시 잊고 평온한 안식을 찾았다.

르누아르는 1890년대 중반부터 류머티즘성 관절염을 앓기 시작했다. 시간이 지나며 그의 손은 점점 굳어갔고, 예술가로서의 손가락은 고통 속에서 서서히 휘어졌다. 붓을 쥐는 것조차 힘들어졌지만, 예술에 대한 그의 열정만큼은 꺾이지 않았다. 1907년, 고통을 덜기 위해 그는 따뜻한 남쪽으로 거처를 옮겼다.

작은 언덕이라는 의미의 '레콜레트*Les Collettes*'. 이 저택은 그의 마지막 안식처이자 창작의 무대가 되었다. 르누아르는 이곳에서 말년의 작품들을 차분히 완성하며, 1919년 세상을 떠날 때까지 창작을 이어갔다. 현재 레콜레트는 그의 예술혼을 간직한 미술관, '뮤제 르누아르*Musée Renoir*'로 변모해 그가 남긴 예술적 유산을 고스란히 간직하고 있다.

카뉴쉬르메르(*Cagnes-sur-Mer*), 레콜레트 거실

《목욕하는 여인들
(*Les Grandes Baigneuses*), 1901》

《책 읽는 코코(*Coco Lisant*), 1905》

1890년, 르누아르는 오랜 모델이자 연인이었던 알린 샤리고 *Aline Charigot*와 결혼했다. 두 사람은 세 명의 아들을 두었다. 첫째 아들 피에르*Pierre*는 배우가 되었고, 둘째 아들 장*Jean*은 후에 유명한 영화감독으로 성장했다. 막내 아들 클로드*Claude*는 코코*Coco*라는 애칭으로 불리며 그의 작품에 종종 등장했다.

르누아르의 말년은 깊은 슬픔과 고통 속에서 이어졌다. 1915년, 사랑하는 아내 알린*Aline*이 세상을 떠났고, 그의 두 아들 피에르와 장은 제1차 세계대전의 전선에서 심각한 부상을 입었다. 특히 장은 다리에 총상을 입어 평생 그 상처를 안고 살아가야 했다. 아내를 잃은 슬픔과 전쟁터에 나간 두 아들에 대한 염려는 르누아르의 마음을 무겁게 짓눌렀다.

손가락이 굳어 붓을 들기조차 힘들었지만, 예술은 르누아르에게 버틸 힘이 되어 주었다. 그는 고통 속에서도 행복과 따뜻함이 묻어나는 작품을 완성해 나갔다. 마지막 순간까지 그는 붓을 놓지 않았고, 삶의 끝자락에서도 그의 색채는 여전히 밝고 생기가 넘쳤다. 작업실 한쪽에 가지런히 놓인 르누아르의 이젤*Easel*이 눈에 들어온다. 그 이젤 사이로 고통에 떨던 그의 휘어진 손가락이 보이는 듯하다.

《르누와르 초상화(*Portrait de Renoir*), 1913》 (*Albert André*)

르누아르의 이젤(*Easel*)

카뉴쉬르메르(Cagnes-sur-Mer), 골목길

동시대 화가인 고흐가 자신의 고통을 캔버스에 그대로 쏟아 냈다면, 르누아르는 오히려 밝고 행복한 색채로 슬픔을 가로막았다. 마치 연필로 그린 스케치처럼 마음속 깊은 곳에 슬픔이 자리하고 있었지만, 르누아르는 그 위에 행복이라는 물감을 덧칠했다. 그의 작품에서는 슬픔이나 어두운 감정을 찾아보기 어렵다. 대신, 삶의 따뜻함과 풍요로움이 담담하게 채색되어 있다.

2012년, 질 부르도*Gilles Bourdos* 감독이 연출한 영화 《르누아르*Renoir*》가 개봉하며 그의 삶과 예술이 다시금 조명되었다. 이 영화는 르누아르가 74세이던 1915년, 제1차 세계대전이 격렬하던 시기의 카뉴쉬르메르 한여름을 배경으로 한다. 르누아르의 집과 작업실을 중심으로 그의 곁에 머무는 사람들, 그리고 아들 장 르누아르의 성장 이야기가 섬세하게 펼쳐진다.

영화 속에서 르누아르는 창작에 대해 이렇게 말한다. "고통은 지나가지만, 아름다움은 영원하다." 이 대사는 르누아르의 예술적 철학을 상징적으로 보여주며, 그의 삶과 작품 속에서 변함없이 흐르는 낙관과 열정을 잘 드러낸다.

르누아르의 침실에서 그의 마지막 독백을 상상해 본다.

"마침내, 나는 무언가를 이해하기 시작했어. 죽음이 가까워질수록 내 손은 더 이상 자유롭지 못하지만, 마음만은 그 어느 때보다 명확해졌지. 고통이 나를 덮었지만, 나는 결코 붓을 놓을 수 없었어. 이 세상에 내가 남길 수 있는 단 하나는, 변하지 않는 아름다움이야. 삶의 매 순간은 지나가지만, 예술은 영원히 남으니까. 굳어버린 손끝으로도 나는 이 순간의 빛과 색을 놓치지 않았어. 이제야 비로소 깨달았어. 예술이란 무엇인지."

르누아르의 나지막한 목소리가 들리는 듯하다. 그가 들려준 가을 이야기를 마음 깊이 간직한 채, 여정의 끝을 알리는 곳으로 향한다. 니스 공항으로 가는 길, '프로방스의 가을'은 여전히 나를 따라오며 조용히 속삭이고 있다.

L'HIVER
EN PROVENCE

4

프로방스의 겨울

뱅쇼 한 잔이 건네는 포근한 크리스마스

프로방스의 겨울은 고요하다. 뜨거운 여름 햇살과 보랏빛 라벤더 물결이 사라진 자리에는 하얀 안개와 차가운 바람만이 남았다. 남프랑스에서 겨울 색감을 사진으로 담는 일은 쉽지 않은 도전이자, 깊은 사색의 여정이다. 화려한 색채가 자취를 감춘 이 계절, 무엇을 담아야 할지 고민이 깊어진다.

겨울 햇살은 낮고 부드럽다. 일출과 일몰의 빛은 더욱 그러하다. 붉게 타오르던 태양은 금세 잿빛으로 가라앉고, 구름 사이로 엷게 비치는 햇살은 황량한 들판 위를 은은하게 물들인다. 어둠이 내려앉은 작은 마을, 돌담 위 굴뚝에서는 하얀 연기가 모락모락 피어난다. 겨울의 빛과 색은 얼어붙은 듯 차갑지만, 그 너머에서 들려오는 속삭임은 오래된 추억처럼 따스하다.

여름날 관광객으로 북적이던 거리는 이제 적막이 감돈다. 창문 너머 어렴풋이 비치는 불빛만이 이곳의 온기를 짐작하게 한다. 고요함 속에서 나 자신을 돌아본다. 그리고 묻는다. 사진을 통해 무엇을 이야기하고 싶었을까? 왜 프로방스의 사계절을 사진에 담고 싶었을까?

프로방스의 겨울은 절제된 아름다움 속에 내밀한 감정을 숨기고 있다. 나는 이 겨울의 빛바랜 색채와 분위기를 사진으로 세상에 전하고 싶다. '프로방스의 겨울'이 주는 묵직한 울림을.

'프로방스의 겨울' 여정은 카뮈의 행복이 잠든 루르마랭 *Lourmarin*과 붉은 황토 마을 루시용*Roussillon* 에서 첫 장을 연다. 중세 성곽 마을 고르드*Gordes*를 지나 레보드프로방스*Les Baux-de-Provence*로 향하는 숲길이 굽이굽이 이어진다. 끝이 어딘지 알 수 없던 그 길은 겨울 왕국의 신비로운 비밀을 품은 듯했다.

크리스마스 향기가 짙어질 무렵, 나는 아비뇽*Avignon*과 엑상프로방스*Aix-en-Provence* 거리에서 성탄의 분위기를 만끽한다. 크리스마스 이브, 광장에 세워진 트리에 불빛이 더해지고, 골목길의 작은 조명들이 은은하게 반짝인다. 희미한 빛줄기 사이로 사람들이 천천히 걸어가고, 겨울바람이 바닥을 스치며 지나간다. 가로등 아래 길게 드리운 그림자에 크리스마스의 낭만이 더해진다.

빛과 어둠이 어우러진 섬세한 순간을 차분히 기다린다. 그리고 조심스럽게 셔터를 누른다. 프로방스의 겨울 정취가 한 장의 사진에 고스란히 담긴다. 공기는 차갑지만, 사진은 따뜻하다. 크리스마스 이브, 겨울밤은 점점 깊어져 간다.

엑상프로방스(*Aix-en-Provence*), 크리스마스 이브

"뤼베롱 *Luberon* 산맥 남쪽 기슭에 자리한 루르마랭 *Lourmarin*. '프랑스에서 가장 아름다운 마을' 중 하나로 꼽히는 이곳은, 아기자기한 골목과 르네상스 성이 어우러져 고풍스러운 매력을 자아낸다. 1960년 겨울, 이곳에서 알베르 카뮈 *Albert Camus*의 장례식이 치러졌다. 그가 떠난 그해 겨울, 그 흔적을 느끼기 위해 이곳에 왔다."

PROVENCE

● *Lourmarin*

25. 카뮈의 소박한 행복이 묻힌 곳
루르마랭

Lourmarin

루르마랭(*Lourmarin*), 마을 풍경

알베르 카뮈*Albert Camus*의 마을을 바라본다. 가장 오른편,
빨간 지붕을 얹은 베이지색 저택이 눈에 들어온다. 그곳에
는 연록색 창문들이 걸려 있다. 양옆으로 활짝 열린 창문은
카뮈가 세상을 바라보던 평온의 통로였다. 그 창문을 통해
루르마랭*Lourmarin*의 넓은 평원을 조용히 응시했을 것이다.
황금빛 햇살이 비추는 들판과 푸른 하늘, 그리고 그 아래 펼
쳐진 안온한 마을 풍경은 그의 사유를 한층 깊게 만들었으
리라.

삶과 죽음, 부조리 속에서 삶의 진리를 탐구하던 카뮈에게,
창문은 어쩌면 세상과의 마지막 연결고리였을지도 모른다.
그는 노벨 문학상을 받으며 거대한 문학적 유산을 남겼지
만, 그 영광 뒤편에는 내면의 고독이 자리하고 있었다. 루르
마랭의 겨울 풍경은 그의 소설처럼 담담하면서도 쓸쓸하다.
루르마랭의 빛과 색은 카뮈가 세상을 떠난 1960년의 겨울
과 크게 다르지 않다. 바람은 여전히 차갑게 불어오고, 골목
은 차분히 그날의 체온을 기억한다.

루르마랭(*Lourmarin*), 카뮈 창문

루르마랭(Loumarin), 카뮈 무덤

카뮈의 묘 앞에 서자, 돌비석 너머로 그의 삶과 작품들이 겹쳐 보인다. 'ALBERT CAMUS'라는 이름과 함께 새겨진 '1913-1960', 그가 세상에 머물렀던 짧고도 강렬한 시간이 한 줄 문구로 압축된다.

그의 대표작 《이방인*l'Étranger*》의 첫 문장이 떠오른다. "오늘, 엄마가 죽었다. 아니, 어쩌면 어제." 이 한 문장은 인간의 부조리함을 탐구한 카뮈의 차갑고도 건조한 시선을 그대로 드러낸다. 그의 묘소는 그의 문장을 닮아 화려하지 않다. 오히려 선명하고 간결하다. 돌에 새겨진 그의 이름은 무심하게, 그가 평생 탐구했던 세상의 불합리함과 삶의 덧없음을 상징한다. 우리는 인생에서 살아가야 할 의미를 찾으려 애쓰지만, 세상은 우리에게 어떠한 논리적 응답도 주지 않는다. 카뮈가 말하는 '부조리*Absurdity*'는, 이러한 '무의미'의 벽과 마주한 상태이다.

카뮈가 살았던 세상은 고통과 혼란으로 가득했지만, 그는 그 속에서 인간의 존엄을 찾으려 했다. 소설 《이방인》의 주인공 뫼르소*Meursault*처럼, 카뮈는 세상이 정한 규범과 관습에 얽매이지 않았다. 그는 자기만의 방식으로 삶을 관조하며 현실을 직시했다. 그의 관점이 투영된 뫼르소는 삶에 본질적인 의미가 없다고 여겼고, 그 무의미함 속에서 삶을 있는 그대로 받아들였다.

알베르 카뮈*Albert Camus*, 그는 위대한 작가에 그치지 않고 깨달음을 얻은 철학자였다. 그의 삶은 빛과 어둠이 교차하는 순간을 포착하려는 카메라의 셔터소리와 닮았다. 1913년 알제리의 가난한 집에서 태어난 그는 평탄치 않은 어린 시절을 보냈다. 제1차 세계대전에서 아버지를 잃었고, 귀가 들리지 않는 어머니 밑에서 자랐다. 그의 작품 속에 드러난 고독과 절망을 떠올리며, 나는 카메라로 그의 삶을 포착하고 싶다는 충동을 느낀다. 어쩌면 이 고독이야말로 그를 더 깊은 사유와 깨달음의 길로 이끌었을지도 모른다.

'알베르 카뮈 길*Rue Albert Camus*'에는 카뮈의 마지막 안식처가 자리하고 있다. 여전히 이 집에는 그의 딸 카트린 *Catherine*이 살고 있다. 1958년, 카뮈는 노벨 문학상 상금으로 이 집을 사들였다. 이곳에서 그는 생애 마지막 시기를 보내며 고요한 사색과 글쓰기에 몰두했다. 사생활 보호를 위해, 이 집 외부에는 카뮈를 상징하는 어떠한 표식도 없다. 23번지에 자리한 이 집을 찾더라도, 카뮈 가족의 뜻이 존중되길 바란다.

카뮈의 가족이 처음 이 집에 왔을 당시의 모습을 상상해 본다. 햇살 가득한 루르마랭의 정원에서 그의 아내 프랑신 *Francine*과 두 아이들이 시끌벅적하게 웃으며 새 집을 탐험하고 있다. 아이들은 정원을 뛰어다니며 장난을 치고, 프랑신은 집 안 구석구석을 둘러보며 따뜻한 보금자리를 만드는 데 열중하고 있다. 그 순간만큼은 평온과 행복이 가득하다. 그러나 그의 말처럼, 삶은 덧없고 인생은 짧았다. 갑작스러운 불행이 그를 찾아온다.

1960년 1월 4일, 카뮈는 친구이자 갈리마르 출판사의 편집자였던 미셸 갈리마르*Michel Gallimard*가 운전하는 퍼셀 베가*Facel Vega*의 자동차를 타고 파리로 향하던 중 비극적인 사고를 당한다. 빌브레빈*Villeblevin* 인근에서 그를 태운 자동차는 도로를 벗어나 두 그루의 가로수를 세차게 들이받았고, 그 순간 카뮈의 삶도 갑작스레 꺼져 버렸다. 이틀 후, 그의 장례식은 화려한 의식 없이 마을 사람들과 가까운 친구들이 모인 가운데 단출하게 치러졌다.

루르마랭(Lourmarin), 가위 집

1940년대, 카뮈는 나치의 폭압에 저항하며 진정한 전사로 싸웠다. 그의 무기는 펜이었고, 그 펜촉은 총알처럼 날카로웠다. 세상의 부조리 앞에서 그는 침묵하거나 외면하지 않았다. 대신, 인간의 존엄을 지키기 위해 자신의 모든 것을 걸었다. 마치 사진작가가 찰나의 순간을 필름에 담아내듯, 그는 시대의 고통과 투쟁을 글로 기록했다. 그의 글은 역사의 증언이자, 시대를 초월한 철학으로 남아 오늘날에도 깊은 울림을 전하고 있다.

카뮈가 남긴 문학은 나에게, 그리고 우리에게 불합리한 세상 속에서도 사유하며 살아가야 한다는 강렬한 메시지를 던진다. 나는 그가 바라보던 창을 통해, 아니 그의 눈으로 세상을 바라보고 싶다. 소중한 행복이 머물렀던 그의 집 앞에서 사진 한 장을 남기고 조용히 발걸음을 돌린다. 카뮈 가족이 느꼈을 상실감이 루르마랭의 겨울 그림자에 투영되어 있는 듯하다. 그가 던진 철학적 물음이 나에게 말을 걸어온다.

루르마랭(Lourmarin), 창문

루르마랭(*Lourmarin*), 빛과 그림자

루르마랭(*Lourmarin*),
겨울 덩굴

루르마랭(Loumarin), 기다림

루르마랭(*Lourmarin*), 시선

루르마랭(*Lourmarin*),
강아지

한적한 골목을 걷다 작은 카페 앞에서 발걸음을 멈췄다. 메뉴판에 적힌 '뱅쇼Vin Chaud'라는 글씨가 내 시선을 사로잡았다. 프랑스어로 '뱅Vin'은 와인을, '쇼Chaud'는 따뜻함을 뜻한다. 카페 문을 열고 들어서자 포근한 공기가 나를 감싼다. 주문을 마치고 잠시 기다리자, 작은 와인 잔에 담긴 뱅쇼가 내 앞에 놓인다. 시나몬, 오렌지, 정향의 독특하고 향긋한 향이 코끝을 자극한다.

따뜻한 뱅쇼 한 잔에 차가웠던 손끝이 살살 녹는다. 달콤함과 쌉싸래함이 목줄기를 타고 부드럽게 내려와 차가운 몸에 온기를 가득 채운다. 그 순간, 윌리엄 셰익스피어William Shakespeare가 말하던 '감미로운 슬픔Sweet Sorrow'이 떠오르며, 나도 모르게 긴 한숨이 새어 나온다. 싸늘한 겨울의 적막함과 뱅쇼 한 잔이 주는 알싸한 위안이 묘하게 어우러진다.

남프랑스의 겨울 시간은 유난히 더디게 흐른다. 차가운 바깥바람과 대비되는 카페의 따스함은 나를 고요한 고독 속으로 이끈다. 소소한 외로움 속에서 내 자신과 더 깊이 마주하는 느낌이랄까. 여행 중 가장 귀한 순간은, 내 마음의 그릇이 얼마나 넓고 유연한지를 깨닫는 바로 그때이다. 뱅쇼 한 잔에 세상이 한결 너그러워진다.

《이방인》을 통해 카뮈는 말한다. "살아야 할 뚜렷한 이유를 찾기 어렵듯, 오늘 당장 죽어야 할 이유 또한 없다." 그렇기에 우리는 그저 오늘을 살아갈 뿐이다. 세상은 있는 그대로 존재한다. 다만 인간이 세상에 의미를 부여하고, 논리적으로 이해하려 애쓸 뿐이다. 삶에도, 죽음에도 특별한 의미는 없다.

한때 나는 불교 철학에 심취했던 적이 있다. 카뮈의 철학은 불교의 교리와 닮은 점이 많다. 반야심경에 나오는 '색즉시공色卽是空'이라는 표현이 그렇다. '색色'은 물질적 형상을, 즉 부조리한 세상을 상징한다. '공空'은 '비어 있음'을 뜻하며, 이는 카뮈가 말하는 '무의미'와 통한다. 우리의 삶에는 참과 거짓의 실체가 없으며, 다만 무언가에 의미를 부여하려는 우리들의 인식만이 존재할 뿐이다. 그 인식의 굴레에서 벗어날 때, 우리는 진정한 자유, 즉 '해탈解脫'에 이를 수 있다.

그렇다면 우리에게 의미 있는 삶이란 무엇일까? 적어도 자신에게 온전히 몰두하는 삶이 아닐까? 하지만 우리는 타인의 시선에 지나치게 얽매여 살아간다. 그러한 시선은 그들이 만들어 낸 의미일 뿐이다. 그 속박에서 벗어날 때, 비로소 우리는 '진정한 자유'를 누릴 수 있다. 스스로 삶의 주인이 되는 순간, 우리가 선택할 수 있는 가장 고귀한 가치는 바로 '사랑'이다. 인생은 찰나와도 같다. 그러니 온 마음을 다해 사랑하며 살자.

이 집 뱅쇼 맛이 참 좋다.
2유로로 누릴 수 있는 소소한 행복이다.

"루시용*Roussillon*을 둘러싼 겨울 숲은 고요하면서도 강렬하다. 앙상한 나무들 사이로 차가운 바람이 스치고, 오커*Ochre*로 덮인 황토는 선명한 색감을 자랑한다. 루시용의 황토는 녹진하고 부드러운 캐러멜을 닮았다. 살포시 만져 보면 어릴 적 가지고 놀던 크레파스 가루가 묻어 나올 것만 같다. 겨울 태양과 잿빛 하늘 아래, 루시용의 집들은 번트 오커 컬러로 짙어진다. 시린 손끝으로 카메라를 쥔 채, 황량함과 따뜻함이 공존하는 루시용의 겨울 풍경 속으로 걸음을 옮긴다."

PROVENCE
Roussillon

26. | 번트 오커*Burnt Ochre* 컬러로 물든
    황토 마을 루시용

Roussillon

루시용(*Roussillon*), 오커로 물든 골목길

뤼베롱Luberon 산맥의 품에 잠잠히 안긴 황토 마을, 루시용Roussillon. 이곳 토양은 철 산화물을 머금은 주황빛 오커Ochre로 물들어 있다. 덕분에 루시용은 세계적인 오커 채굴과 가공의 중심지로 이름을 알렸다. 오커는 철 산화물의 종류와 함량에 따라 노란빛에서 주황빛, 붉은빛까지 다양한 색을 띤다. 마을 사람들은 이 오커 분말을 물에 섞어 건물 벽을 아름다운 색으로 채웠다. 그 결과 루시용은 '프랑스에서 가장 아름다운 마을' 중 하나로 손꼽힌다.

18세기 말, 루시용에서는 오커 채굴이 본격적으로 시작되었다. 프랑스 혁명 시기, 오커는 중요한 산업 안료로 자리 잡았으며, 장 에티엔 아스트리에 Jean-Étienne Astier는 이 산업을 개척한 인물로 꼽힌다. 그는 대지 속에 숨겨져 있던 오커를 세상에 드러내 정교하게 가공하여 그 가치를 높였다. 그러나 20세기 중반, 합성 안료의 등장으로 오커 산업은 쇠퇴했고, 1950년대에 이르러 대규모 채굴은 중단되었다. 그럼에도 루시용과 그 주변에는 오커의 흔적이 여전히 선명히 남아 있다.

이 마을에는 비극적인 사랑 이야기도 전해져 내려온다. 전설에 따르면, 루시용의 붉은 언덕은 세르몽드Sermonde의 비극에서 비롯되었다고 한다. 그녀는 루시용 영주의 아내였지만, 젊은 음유시인 기욤Guillaume과 사랑에 빠졌다. 이들의 비밀스러운 사랑을 알게 된 영주는 질투에 사로잡혀 기욤을 잔혹하게 살해했다. 절망에 빠진 세르몽드는 절벽 아래로 몸을 던졌고, 그녀의 피가 대지를 물들였다는 것이다. 오늘날 루시용의 붉은 오커빛은 마치 그녀의 슬픔과 사랑을 담고 있는 듯, 고요히 마을을 감싸고 있다.

'상티에데오크르*Sentier des Ocres*', 즉 '오커의 길'은 루시용의 오커 언덕을 둘러볼 수 있는 대표적인 하이킹 코스다. 이 길은 다양한 색조로 물든 언덕과 절벽이 이어지며, 시간의 붓질이 만든 붉은 색채는 야수주의 창시자 앙리 마티스*Henri Matisse*의 캔버스를 떠올리게 한다. 붉은빛의 오커 토양과 푸른빛의 소나무는 조화로운 색의 대비를 이루며, 자연이 그려 낸 독특한 풍경을 선사한다.

루시용(*Roussillon*), 오커 언덕

루시용(*Roussillon*),
쌍띠에데오크르(*Sentier des Ocres*)

겨울 숲은 깊고 처연하다. 앙상한 가지 사이로 스며드는 희미한 빛은 적막한 숲의 심연을 드러낸다. 사무엘 베케트*Samuel Beckett*와 그의 연인 수잔 데슈보 *Suzanne Deschevaux*는 이곳에서 추위와 공포를 견뎌냈다. 스산하게 불어오는 겨울바람은 그들이 숨죽이며 지내던 옛 시절로 나를 이끈다.

제2차 세계대전이 발발하자 베케트는 새로운 현실에 직면했다. 그는 작가의 길이 아닌 레지스탕스의 삶을 선택했다. 1942년, 그가 활동하던 레지스탕스 조직이 나치에 의해 발각되자, 베케트는 연인과 함께 프로방스의 작은 마을 루시용으로 몸을 숨겼다.

베케트와 수잔은 이곳 숲 속에서 포도밭을 가꾸던 보넬리*Bonnelly* 가족에게 의지하며 살았다. 그들은 이곳에서 3년 동안 포도밭을 일구며 대지의 은총으로 하루하루를 연명했다. 이 겨울 숲은 그들에게 삶과 죽음의 경계였을지도 모른다.

매년 7월 중순이면 루시용에서는 '베케트 페스티벌Beckett Festival'이 열린다. 이 행사는 사무엘 베케트가 은둔의 시간을 예술로 승화시킨 순간들을 기리는 자리다. 전쟁 속에서 그가 경험한 고립과 성찰이 다양한 공연과 강연을 통해 생생하게 되살아난다.

루시옹(Roussillon), 성 미카엘 교회(Église Saint-Michel) 문

루시용에서도 베케트는 글 쓰는 일을 멈추지 않았다. 그의 내면은 어느 때보다 치열하게 투쟁했다. 그가 경험한 전쟁의 참혹함과 인간 존재의 부조리함은 훗날 그의 대표작 《고도를 기다리며》에 깊이 반영되었다.

《고도를 기다리며》는 사무엘 베케트가 1948년부터 1949년 사이에 집필한 희곡으로, 1953년에 파리 바빌론 극장에서 첫 무대에 올랐다. 작품 속 블라디미르*Vladimir*와 에스트라공*Estragon*은 희망과 구원의 상징처럼 보이는 인물, '고도*Godot*'를 계속 기다린다. 그들은 고도와의 만남을 통해 삶의 의미를 찾고자 하지만, 정작 고도가 누구인지, 왜 중요한지조차 명확히 알지 못한다. 기다림 속에서 그들은 끊임없이 대화를 나누고, 반복되는 행동으로 시간을 보낸다. 그러나 고도는 끝내 나타나지 않고, 그들은 무의미한 기다림을 지속하며 새로운 날을 맞이한다.

《고도를 기다리며》와 같은 '부조리극'은 20세기 중반에 등장한 연극 양식으로, 인간 존재의 '무의미함'을 주제로 삼는다. 이 장르는 장 폴 사르트르*Jean-Paul Sartre*와 알베르 카뮈*Albert Camus*의 실존주의 철학에 많은 영향을 받았다. 부조리극은 반복되는 비합리적인 대화와 비논리적인 상황을 통해 인간 존재의 공허함과 불안을 극단적으로 드러낸다.

그들에게 고도는 무엇이었을까? 기다렸던 희망이었을까, 아니면 단지 실체 없는 환영이었을까? 베케트는 고도를 통해 무엇을 이야기하려 했던 것일까? 어쩌면 고도는 인간의 끝없는 갈망과 기다림 자체를 상징했을지도 모른다. 그리고 그 기다림의 행위는 우리 삶을 비추는 거울이 아니었을까? 베케트는 의미 없는 반복 속에서, 우리가 진정으로 마주해야 할 현실은 삶의 의미가 아닌, 본질적인 공허함이라는 메시지를 전하려 했다.

루시용(*Roussillon*), 다양한 오커 컬러

루시용(*Roussillon*), 힙한 일꾼

루시용에서 탄생한 컬러는 연노란색부터 베이지색, 옅은 붉은색, 진한 붉은색, 갈색, 짙은 갈색까지 다채로운 스펙트럼을 자랑한다. 침식이 빚어낸 이 신비로운 오커 황토는 자연의 빛을 받으면 말로 다 표현할 수 없는 아름다움을 발산한다. 그중에서도 붉은 기운이 감도는 진한 갈색, '번트 오커*Burnt Ochre*'는 따뜻한 색감 덕분에 예술, 인테리어, 패션, 디자인 등 다양한 분야에서 널리 사랑받고 있다. 번트 오커는 자연 안료인 오커를 가열하는 과정에서 황토색이 더 깊고 풍부한 적갈색으로 변하며 만들어진다.

오늘날 컬러는 단순한 시각적 요소를 넘어 감정에 영향을 주고, 메시지를 전달하며 의사소통을 돕는 강력한 도구가 되었다. 컬러는 브랜드의 정체성을 돋보이게 하고, 디자인의 완성도를 높인다. 특히 패션에서는 개인의 개성과 감성을 표현하는 중요한 수단으로 활용된다. 베이지색, 황토색, 캐러멜색, 갈색과 같은 자연에서 영감을 받은 '얼스 컬러*Earth Color*'는 절제된 안정감을 상징하며, 시간이 지나도 변치 않는 클래식한 매력을 지닌다.

나는 특히 카멜*Camel*과 오크*Oak* 컬러의 차분한 안정감을 좋아한다. 이 색들은 네이비, 그레이, 화이트와도 쉽게 어울리며 세련되고 모던한 스타일을 완성해 준다. 겨울철 포멀한 무드가 필요할 때는, 카멜 컬러의 캐시미어 코트와 베이지색 터틀넥을 매치한다. 가끔 자연스러운 자신감을 드러내고 싶을 때는, 오크 컬러 니트웨어에 그레이 팬츠를 더해 차분하면서도 고급스러운 분위기를 즐기기도 한다.

따스한 캐러멜 컬러는 인테리어 공간에 포근함을 더한다. 작은 소품이나 티 테이블에만 활용해도 분위기는 한층 더 친근해지고, 목재 가구와도 자연스럽게 어우러져 아늑한 느낌을 만들어 낸다. 이러한 자연의 색들은 시각적 온기를 더해 주며, 공간과 패션 속에서 사람들에게 다정함과 편안함을 느끼게 한다. 루시용의 매혹적인 오커 컬러도 내게 그런 감정을 선사했다.

루시용(Roussillon), 회양목(Boxwood)

루시용(*Roussillon*), 파란 창문

루시용(*Roussillon*), 크리스마스 트리

《고도를 기다리며》 2막 초반, 블라디미르와 에스트라공은 자신들이 소나무와 붉은 사암 절벽 위에 자리한 루시용에 있는지 아닌지를 두고 이야기를 나눈다. 그들 대화 속의 루시용 언덕은 베케트의 철학과 사유로 붉게 물들어 오묘하게 빛나고 있다. 한편, 루시용 시청 앞 크리스마스 장식들은 서서히 겨울밤의 어둠을 밀어내며 다가오는 성탄절의 온기를 전한다. 오늘 하루를 잘 보냈다면, 그것으로 충분하다.

새벽의 루시용 공기는 몹시 차가웠다. 오래된 친구와의 작별처럼, 이 마을은 내 마음 한편에 희미한 그리움을 남긴다. 평온과 따스함을 선사했던 아련한 장소로 오래 기억되리라. 루시용의 황토는 녹진하고 부드러운 캐러멜을 닮았다. 혀끝에 올리면 농축된 달콤함이 스며나올 것만 같다.

"루시용을 떠나 성곽 마을 고르드에서 하룻밤을 보낸 뒤, 아침 햇살을 뒤로하고 험난한 산길을 돌아 레보드프로방스 *Les Baux-de-Provence*로 향했다. 구름이 드리운 하늘 아래 절벽 위에 자리한 이 마을은 거대한 돌산을 깎아 만든 고풍스러운 조각처럼 다가왔다. 마을로 들어서는 길목에는 빛의 채석장 *Carrières de Lumières*이 자리 잡고 있다. 이곳은 프로방스 예술가들의 걸작을 화려한 영상으로 되살리며, 과거와 현재를 잇는 특별한 공간이 되었다."

PROVENCE

Les Baux-de-Provence

27. | 크리스마스 상통*Santon* 인형과
요새마을 레보드프로방스

Les Baux-de-Provence

레보드프로방스(*Les Baux-de-Provence*), 마을 전경

타이야드(*Taillades*), 플라타너스(*Platanus*) 길

고르드 언덕을 넘어 멜론으로 유명한 카바이용*Cavaillon*으로 향하던 중, 우연히 타이야드*Taillades*라는 작은 마을에 이르렀다. 플라타너스*Platanus* 나무들이 일렬로 늘어선 길과 성 베드로 방앗간*Moulin Saint-Pierre*이 조용하고도 평온한 분위기를 자아냈다. 짧은 휴식을 뒤로하고 다시 길을 나서, 고흐의 흔적이 남아 있는 생레미드프로방스를 지나 D27 산길로 접어들었다. 이 길 끝에는 레보드프로방스를 한눈에 내려다볼 수 있는 전망대와 빛의 채석장이 자리해 있다.

타이야드(*Taillades*),
성 베드로 방앗간
(*Moulin Saint-Pierre*)

레보드프로방스(Les Baux-de-Provence), 마을 입구

레보드프로방스(*Les Baux-de-Provence*),
프랑스에서 가장 아름다운 마을

레보드프로방스(*Les Baux-de-Provence*),
무너진 성채(*Château des Baux*)

'프로방스의 바위'라는 뜻을 지닌 레보드프로방스*Les Baux-de-Provence*는 그 이름만으로도 험준한 바위산 지형을 떠올리게 한다. 1998년에 '프랑스에서 가장 아름다운 마을' 중 하나로 선정된 이곳은, 알필*Alpilles* 산맥의 절벽 위에 자리잡아 거대한 성채처럼 웅장한 자태를 뽐낸다. 12세기에 세워진 교회들과 13세기에 건축된 샤토데보*Château des Baux*, 그리고 세월의 마모를 견뎌낸 중세 가옥들은 이 마을의 오랜 역사를 고스란히 보여 준다.

폐허로 남은 성채 샤토데보는 한때 레보드프로방스의 중심이자 권력의 상징이었다. 그러나 1426년 보 가문의 마지막 후손이 세상을 떠나며 성과 영토는 프로방스 백작령으로 넘어갔다. 이후 왕실의 소유가 된 성과 마을은 르네상스 시대에 다시금 번영을 누렸지만, 그 영광은 오래가지 못했다. 정치적 소요와 반란의 중심지가 되면서 마을의 운명은 급격히 바뀌었다. 1632년, 루이 13세는 반란을 진압하기 위해 샤토데보를 공격했고, 강력한 군대의 압박 속에 성벽과 요새는 무너져 내렸다. 폐허로 남은 성은 19세기 후반에 이르러 한 역사학자의 손길이 닿으며 옛 영광을 조금씩 되찾기 시작했다.

레보드프로방스(*Les Baux-de-Provence*), 조용한 골목길

레보드프로방스(*Les Baux-de-Provence*), 보(*Baux*) 가문 깃발

레보드프로방스에는 예수 탄생 이야기와 관련된 흥미로운 전설이 전해진다. 이 전설에 따르면, 예수가 탄생한 후 동방 박사 중 한 사람인 발타자르*Balthazar*는 베들레헴*Bethlehem* 의 별을 따라 긴 여정을 떠났다. 그는 신성한 빛을 좇아 마침내 레보드프로방스에 이르렀다. 중세 시대, 이 지역을 지배했던 보*Baux* 가문은 자신들이 발타자르의 후손이라고 주장하며 가문의 위상을 높이려 했다. 발타자르의 후손임을 상징하기 위해, 가문의 문장에 '16개의 별'을 새겨 넣어 그들의 권위를 과시했다.

프랑스어로 '바위'를 뜻하는 '보*Baux*'는 다양한 의미로 활용된다. 이 단어는 바위산 위에 세워진 마을의 이름이 되었고, 그 마을을 지배한 가문의 상징으로 자리 잡았다. 또한, 이 지역에서 발견된 독특한 암석의 어원이 되기도 했다. 1821년, 프랑스 지질학자 피에르 베르티에*Pierre Berthier*는 레보드프로방스 인근 바위산에서 알루미늄의 주요 원료가 되는 적갈색 암석을 발견했다. 이 광물은 발견 장소의 이름을 따 '보크사이트*Bauxite*'로 명명되었으며, 이후 전 세계적으로 널리 알려졌다.

레보드프로방스의 크리스마스 축제는 12월 4일 '생트
바르브 *Sainte-Barbe* 축제'로 시작되어 2월 2일 '성촉절
Chandeleur'로 막을 내린다. 이 기간 동안 마을 곳곳에서는
다양한 전통 행사가 열리며, 특히 크리스마스 이브 자정에
열리는 미사가 축제의 하이라이트를 장식한다.

12월 24일 밤 11시 30분, 생뱅상 교회 *Église Saint-Vincent*
에서 열리는 자정 미사는 주민들과 방문객들 모두에게 특별
한 순간을 선사한다. 전통 악기 연주와 함께 프로방스 캐럴
이 울려 퍼지고, 마을 사람들은 고유한 의식인 '파스트라지
Pastrage'에 참여한다. 목동 의상을 차려입은 청년들이 아기
예수 앞에 새로 태어난 어린 양을 경건하게 바친다. 성스러
운 멜로디의 오르간 연주가 울려 퍼지고, 마을 사람들은 한
마음으로 노래를 부르며 이 경이로운 순간을 축복한다.

레보드프로방스(*Les Baux-de-Provence*), 축제를 준비하는 사람

레보드프로방스(*Les Baux-de-Provence*),
프로방스 레스토랑(*Le Jardin des Délices*)

레보드프로방스(Les Baux-de-Provence), 노부부

'자연'은 예술의 근원이다. 농민 출신 화가 밀레*Millet*는 파리 교외의 작은 마을에서 노동하는 사람들과 그 풍경을 바라보며 《만종》과 《이삭줍기》를 그렸다. 시시각각 변하는 빛을 사실적으로 담아내고자 했던 렘브란트*Rembrandt*와 모네*Monet* 또한, 그들의 예술적 토대는 자연에 깊이 뿌리를 두고 있었다. 시대와 인종, 추구하는 스타일은 달랐지만, 예술의 진화는 언제나 대자연과의 친밀한 교감에서 시작되었다. 자연을 얼마나 독창적이고 감각적으로 바라보았는지에 따라 예술의 깊이와 의미는 달라졌다.

생레미드프로방스에서 인간과 자연의 관계를 탐구했던 라이너 마리아 릴케*Rainer Maria Rilke*는 자연을 단순한 풍경이 아닌, 인간과 교감하며 생동하는 존재로 묘사했다. 프로방스의 빛과 광활한 풍경 속에서 그는 아이와 같은 순수한 시선으로 세상을 바라보는 법을 배웠다. 그의 글에는 자연을 향한 경외와 예찬이 가득하며, 이러한 통찰은 현대 회화의 선구자 폴 세잔*Paul Cézanne*에게서 영감을 받았다고 한다.

1907년, 릴케는 폴 세잔의 유작 전시회를 방문하여 깊은 감동을 받았다. 그는 세잔의 작품을 통해 색채와 형태에 대한 새로운 깨달음을 얻었으며, 이를 여러 편지에 상세히 표현했다. 릴케는 세잔이 사물의 본질을 드러내는 방식에서 강렬한 시적 영감을 받았고, 그로 인해 자신의 글쓰기와 사물을 바라보는 시선에 혁명적인 변화가 생겼다고 고백했다. 이러한 편지들은 훗날 《세잔에 관한 편지들》이라는 제목으로 출판되어, 릴케가 세잔에게서 받은 예술적 영감과 자연에 대한 깊은 성찰을 독자들과 나누는 매개가 되었다.

레보드프로방스(Les Baux-de-Provence), 라벤다 포프리(Potpourri)

레보드프로방스(*Les Baux-de-Provence*),
도자기 가게(*Terre È Provence*)

레보드프로방스의 골목길을 따라 걷는다. 고요한 마을의 적막을 깨는 교회 종소리가 거룩하게 울려 퍼지고, 그 사이로 라벤더와 로즈마리 향이 바람에 실려 코끝을 간질인다. 길가에는 라벤더 포푸리*Potpourri*가 놓인 상점과 오래된 도자기 가게가 눈길을 끈다. 호기심에 가게 문을 열고 살며시 들어선다.

나무 선반에는 프로방스 감성을 담은 다양한 도자기들이 빼곡히 진열되어 있다. 화려하고 정교한 도자기들 사이에서 문득 시선을 끄는 것은 황토색의 작은 인형들이다. 다른 옷을 입고, 각기 다른 표정을 짓고 있는 상통 인형들은 자신만의 사연을 간직한 채 선반 위 한 자리를 차지하고 있다.

'작은 성인들'이라는 뜻의 '상통*Santons*' 인형은 프랑스 대혁명의 혼란 속에서 탄생했다. 혁명으로 인해 교회의 영향력이 크게 약화되었고, 종교 의식은 공공의 영역에서 금지되었다. 성탄절이 다가와도 사람들은 더 이상 교회에서 구유 장식을 볼 수 없게 되었다. 대신, 그들은 가정에서 작은 점토 인형을 만들어 예수 탄생 장면을 재현하기 시작했다. 이 작은 점토 인형들은 성경 속 인물들뿐만 아니라, 평범하게 살아가던 자신들의 모습도 담아냈다. 그들 역시 크리스마스에 어울리는 신성한 이야기의 주인공이 될 수 있었다.

가게 내부는 점토 인형들의 따스한 색감과 자연스레 어우러져 포근하고 아늑한 분위기를 자아낸다. 선반마다 놓인 인형들은 마을의 일상을 그대로 옮겨놓은 듯, 섬세한 손길로 마을 사람들의 삶을 그려내고 있다. 농부와 나무꾼, 제빵사와 어부, 그리고 다양한 여인들까지, 각 인형은 제각기 다른 이야기를 품고 있다. 농기구와 조리기구, 그물과 바구니, 꽃을 든 작은 손길마다 마을의 숨결이 배어 있고, 그들의 작은 얼굴에는 시간의 흔적과 삶의 정취가 고스란히 묻어나 있다.

문득 중세 프로방스를 떠돌며 노래를 부르던 '트루바도르Troubadour'의 모습이 떠오른다. 프로방스의 거리와 궁정을 넘나들며 사랑과 이데아, 때로는 정치적 풍자와 사회적 환담을 노래했던 시인 겸 음악가들. 그들의 노래에는 이루지 못한 열정과 숭고한 사랑이 깃들어 있고, 이 땅을 울리던 그들의 음률은 여전히 이곳의 공기에 남아 있는 듯하다. 이제는 이 작은 인형들이 그들의 이야기를 이어받아, 무언의 노래를 들려주는 듯하다.

인형들 사이를 천천히 살펴보다가 한 곳에 시선이 멈췄다. 작은 항아리 두 개를 목에 걸고 있는 농부 인형. 주황색 조끼를 걸친 그는 오래된 땅과 햇살 속에서 묵묵히 일해 온 모습이다. 밀짚모자 아래 드리운 그늘 속에서는 투박한 따스함이 느껴진다. 덩실덩실 어깨춤을 추던 농부의 항아리에서 흘러나온 차가운 물방울이 내게 닿는 듯 생생하다. 트루바도르가 한 음 한 음 정성을 다해 노래를 만들어 가듯, 이 작은 농부의 삶도 한 땀 한 땀 정성스럽게 빚어진 느낌이다.

레보드프로방스(Les Baux-de-Provence), 상통 인형

눈길을 돌리자 또 다른 인형이 눈에 들어온다. 턱수염을 기른 할아버지 인형이다. 알록달록한 조끼를 입고, 손에는 나무 꾸러미를 단단히 쥔 모습이다. 그의 눈빛은 세월도 비껴간 듯 해맑다. 아마도 나무꾼인 그는 마을 사람들과 소박한 웃음을 나누었겠지. 그의 손에는 오랜 세월 무언가를 가꾸고 돌보고 지켜온 흔적이 고스란히 묻어 있다. 이 할아버지 인형도, 어쩌면 트루바도르가 노래하던 희곡의 주인공일지도 모른다.

나는 두 인형을 조심스레 감싸서 가게 점원에게 건넨다. 점원은 인형들을 정성스럽게 신문지로 둘둘 말아 작은 봉투에 담아 준다. 상통 인형에 담긴 이야기를 품에 안고 가게 문을 나선다. 겨울바람이 세차게 분다. 바람 소리는 트루바도르의 노랫말처럼 들리고, 골목 끝에서 불어오는 라벤더 향은 여전히 그윽하다.

12월 23일, 토요일. 전통 시장이 서는 아를*Arles*에 잠시 들
렀다. 광장과 거리는 크리스마스를 앞둔 설렘으로 활기가
넘친다. 상인들은 잘 익은 과일과 진한 향을 품은 치즈, 그
리고 프로방스 와인들을 정성스럽게 진열해 두고 손님들을
맞이한다. 나는 오렌지와 바나나, 와인 한 병을 골라 들고,
와인에 곁들일 안주까지 챙긴 뒤 길을 나선다.

아를(*Arles*), 전통 시장

론강을 따라 아비뇽으로 향하는 길. 겨울 햇살이 강물 위에 부드럽게 내려앉아 반짝이고,
멀리서 들려오는 축제 소리가 마음을 들뜨게 한다.
프로방스의 대도시에서 펼쳐질 크리스마스 풍경은 어떤 모습일까?
상상만으로도 기대감이 가득 차오른다.

"론강에서 바라본 아비뇽*Avignon*의 풍경을 카메라 렌즈에 담는다. 겨울 햇살을 머금은 강물은 차가운 빛으로 반짝이고, 아비뇽의 하늘은 맑고 선명한 파란빛으로 물든다. 크리스마스 시즌, 아비뇽은 몰려든 사람들로 북적이며 축제의 열기로 가득하다. 거리마다 울려 퍼지는 캐럴은 따스한 온기를 더하고, 사람들은 발걸음을 서두르지 않는다. '프로방스의 겨울'은 론강처럼 멈추지 않고 유유히 흐른다. 그 흐름 속에서 시간을 온전히 느끼며, 순간순간 밀려오는 감정을 디지털 필름에 조심스레 녹여 낸다."

PROVENCE

Avignon

28. | 크리스마스 이브,
캐럴이 울려 퍼지는
아비뇽

Avignon

아비뇽(*Avignon*), 회전목마

론강이 휘돌아 흐르는 중세 도시 아비뇽*Avignon*,

고요히 이어지는 강줄기 너머로 찬란한 겨울 햇살이 성벽과 도시를 부드럽게 감싼다.

아비뇽(Avignon), 론강

아비뇽(*Avignon*),
생베네제 다리(*Pont Saint-Bénézet*)

아비뇽(*Avignon*),
아비뇽 교황청(*Palais des Papes*)

생베네제 다리*Pont Saint-Bénézet*는 12세기 무렵에 양치기 소년 베네제*Bénézet*가 하늘의 계시를 받고 아비뇽에 다리를 세웠다는 전설을 간직하고 있다. 처음에는 그의 말을 믿지 않던 사람들 앞에서, 베네제는 거대한 바위를 들어 론강에 던지며 자신의 사명을 입증했다. 이 기적으로 사람들은 그의 말을 믿기 시작했고, 마침내 22개의 아치로 이루어진 길이 900m에 달하는 웅장한 다리가 세워졌다. 그러나 론강의 잦은 홍수로 인해 다리는 여러 차례 파손되었고, 17세기 이후로는 복구되지 않았다. 현재는 4개의 아치, 115m 길이의 다리만이 남아 옛 영광을 기리고 있다. 이곳은 프랑스 전통 동요 《아비뇽 다리 위에서*Sur le Pont d'Avignon*》의 배경으로도 잘 알려져 있다.

론강을 따라 걷다 보면, 아비뇽 교황청의 웅장한 자태가 한눈에 들어온다. 14세기, 교황들이 로마를 떠나 약 70년간 아비뇽에 머물렀는데, 이 시기를 '아비뇽 유수*Avignon Papacy*'라 부른다. 이 기간 동안 프랑스 왕의 영향력은 점차 커져 갔고, 성스러운 교황권은 정치적 그늘 아래 빛을 잃어 갔다. 빛바랜 고딕 첨탑은 하늘을 향해 손을 뻗는 듯 높이 솟아 있어, 신앙과 권위를 염원하던 상징으로 여전히 그 자리를 지키고 있다.

교황청 맞은편에 자리한 노트르담데돔 대성당*Cathédrale Notre-Dame-des-Doms*은 또 다른 성스러운 아름다움을 뽐낸다. 성당 꼭대기에는 황금빛 마리아상이 우뚝 서서 도시 전체를 굽어보고 있다. 중세 아비뇽을 지켜보았던 그 시절처럼.

아비뇽(Avignon), 프티팔레 미술관(Musée du Petit Palais)

아비뇽(Avignon), 교황청 창문 밖 풍경

고요한 창문 너머로 펼쳐진 도시의 풍경, 저 멀리 산맥까지 이어진 도시의 시간.
교황의 시선은 이곳에 닿아 무언의 세월을 잇는다.

빛을 잃은 황혼이 성벽에 깃들고,
크리스마스 트리에는 은은한 빛이 더해진다.

아비뇽(Avignon), 교황청 크리스마스 트리

이기갈 샤토네프뒤파프 루즈 2016
(E.Guigal Châteauneuf-du-Pape Rouge 2016)

아비뇽 유수 동안 교황은 일곱 차례나 바뀌었는데, 이들은 모두 프랑스인으로 하나같이 와인에 깊은 애정을 가졌다. 그중에서도 요한 22세는 포도 재배에 직접 관여할 만큼 와인 생산에 남다른 열정을 보였다. 그는 아비뇽 북쪽 17km 떨어진 작은 마을에 여름 궁전을 세우고 포도밭을 일구었다. 이 마을은 '교황의 새로운 성'이란 뜻을 지닌 샤토네프뒤파프Châteauneuf-du-Pape로 불리게 되었다.

샤토네프뒤파프를 둘러싼 자연 환경, 즉 '테루아Terroir'는 대지와 하늘이 협력해 만들어낸 경이로운 기적이었다. 낮 동안 태양열을 흡수한 둥근 자갈 '갈레Galets'는 밤이 되면 그 열을 포도나무에 전달해 열매가 성숙하도록 돕는다. 여기에 하늘에서 내려온 강한 바람 '미스트랄Mistral'이 습기를 몰아내고 포도밭을 건강하게 유지시킨다.

유럽 각지에서 가져온 다양한 포도 품종들이 이곳의 거친 자연에 도전했지만, 끝까지 살아남은 것은 극히 일부였다. 결국 샤토네프뒤파프의 혹독한 환경에 적응한 품종은 그르나슈Grenache와 론Rhône 지방의 토착 품종들뿐이었다. 이 품종들을 섞어 블렌딩하면서, 샤토네프뒤파프 와인은 독특하고도 강렬한 개성을 갖게 되었다.

와인숍에서 2016년산 이기갈E.Guigal 샤토네프뒤파프 한 병을 구입했다. 첫 모금을 머금자마자 풍부한 질감과 깊은 풍미가 입안을 가득 채운다. 그르나슈 품종 특유의 부드럽고 농익은 맛이 서서히 퍼지고, 자두와 블랙체리의 달콤한 향이 뒤따른다. 시간이 지날수록 묵직한 타닌이 혀끝에 남아 텁텁하면서도 묘한 여운을 남긴다. 와인의 취기가 천천히 올라오는 밤, 카메라를 들고 아비뇽의 거리로 나선다.

아비뇽(Avignon), 시청 시계탑

12월 23일 밤, 아비뇽의 시계탑 광장*Place de l'Horloge*은 크리스마스 축제 열기로 가득하다. 차가운 겨울 공기가 뺨을 붉게 물들이며 스쳐가고, 머리 위로는 빛의 커튼이 화려하게 펼쳐진다. 연노란 조명이 거리를 부드럽게 감싸고, 눈처럼 흩날리는 작은 전구들이 따뜻한 분위기를 한층 더한다. 황금빛으로 물든 터널 속을 걷는 느낌, 탄성이 절로 나온다. "이것이 바로 프로방스의 크리스마스구나!"

사람들의 발걸음이 경쾌하게 얽혀 축제의 리듬을 만들어 낸다. 어른도 아이도 모두 크리스마스의 마법 속으로 흠뻑 빠져든다. 지나치는 상점과 카페의 창문 너머로 온기 가득한 대화와 웃음소리가 끊이지 않는다. 곳곳에서 울려 퍼지는 캐럴송에 맞춰 아비뇽의 밤거리는 한결 느긋하고 여유로워진다.

아비뇽 시청의 시계탑을 올려다본다. 시계 바늘은 여전히 숫자를 가리키지만, 이 순간만큼은 시간을 가둔 듯 감미롭게 흘러간다. 상상 속 크리스마스 판타지가 아비뇽 곳곳에서 연출되고, 프로방스의 겨울밤은 반짝이는 시간으로 기억된다.

아비뇽(*Avignon*), 시계탑 광장(*Place de l'Horloge*)

아비뇽(*Avignon*), 크리스마스 이브 아침

크리스마스 이브 아침, 두툼한 외투를 걸친 사람들이 적막한 거리를 천천히 가로지른다. 상점들의 셔터는 굳게 닫혀 있고, 카페 앞에 걸린 크리스마스 장식들은 햇살을 받아 은은하게 빛난다. 불과 몇 시간 전, 이 거리는 크리스마스를 앞둔 설렘으로 가득했다. 이제, 다시 찾아올 크리스마스의 밤을 기대하며 아침은 또 다른 하루를 차분히 준비한다.

겨울 사진이라고 하면 흔히 눈 덮인 풍경이나 눈 내리는 도심을 떠올리기 마련이다. 나 역시 겨울 촬영을 계획하며 눈 속에 잠긴 고요한 마을을 그려보곤 했다. 그러나 사전 조사를 해보니, 방투산을 제외하고는 프로방스에서 눈을 마주하는 일이 거의 불가능에 가깝다는 사실을 알게 되었다.

눈이 만든 풍경 대신, 크리스마스 시즌의 들뜬 분위기가 프로방스의 겨울을 더 잘 담아낼 것이라는 확신이 들었다. 그래서 최적의 촬영 장소로 교황청이 있는 '아비뇽'과 '남프랑스의 파리'라 불리는 '엑상프로방스'를 선택했다. 크리스마스 이브의 환희 속에서, 이 두 도시를 배경으로 프로방스의 겨울을 사진으로 기록한다. 행복한 사람들의 환한 모습을 렌즈에 담는 기쁨 속에서, 문득 자각되는 나만의 쓸쓸한 외로움도 함께 느끼며.

아비뇽(*Avignon*), 소녀

'그리스도를 위한 미사'를 의미하는 '크리스마스 *Christmas*'. 겨울이 다가오면 우리는 설렘 가득한 마음으로 이 날을 기다린다. 눈이 내릴 듯한 하늘 아래, 거리를 밝히는 작은 조명들이 별처럼 반짝이며 따스한 소망을 조용히 전해 준다.

어릴 적 선물을 기다리던 두근거림은 어른이 되어도 그대로 남아, 일상의 틈새에 숨어 있던 동심을 깨운다. 사랑하는 사람들과 함께하는 시간, 오랜만에 만난 가족과 친구들의 웃음소리, 그리고 서로를 향한 작은 배려와 정성 어린 선물은 이 날을 더욱 특별하고 소중하게 만들어 준다.

아비뇽(*Avignon*), 크리스마스 이브

아비뇽(*Avignon*), 아빠와 딸

아비뇽(*Avignon*), 피자 배달

아비뇽(*Avignon*), 바게트

아비뇽(*Avignon*), 할머니와 손자

아비뇽(*Avignon*), 크리스마스 기차

크리스마스 '캐럴*Carol*'은 중세 프랑스어 '카롤*Carote*'에서 유래된 단어로, 원형으로 춤추며 부르는 노래를 의미한다. 중세 프랑스에서 중요한 축제나 계절 행사에서 자주 불렸던 이 노래가, 13세기부터 크리스마스와 같은 종교적 행사에서 예수 그리스도의 탄생을 기념하고 축하하는 노래로 자리 잡았다.

생디디에 광장*Place Saint-Didier*을 거닐다가 캐럴을 합창하는 성가대를 만났다. 캐럴 제목을 묻자, 산타 모자를 쓴 한 여성이 《Les Anges dans nos campagnes》라고 알려주었다. 그녀는 이 곡이 예수 탄생을 찬양한 목자들의 노래로, 프로방스에서 가장 유명한 캐럴이라고 설명했다. 이 노래는 19세기 중반 영어로 번역되어 《Angels We Have Heard on High》라는 제목으로 전 세계에 알려지게 되었다.

"아~ 아~ 글로리아!"라는 익숙한 후렴구가 귓가에 맴돈다. 그 울림이 가슴 깊이 느껴져 나도 모르게 따라 부르게 된다. 흥얼거리던 멜로디는 점차 멀어지며 아비뇽과의 작별을 알린다. 크리스마스 이브의 밤은 엑상프로방스*Aix-en-Provence*에서 보내려 한다.

아비뇽(*Avignon*), 크리스마스 캐럴

"크리스마스 아침, 나는 폴 세잔*Paul Cézanne*의 무덤을 찾았다. 고요한 햇살이 차가운 묘비를 감싸는 순간, 세잔이 남긴 혁신적인 붓질과 색채가 다시 살아나는 듯했다. 평생을 바쳐 탐구했던 자연의 본질과 빛의 형태는 여전히 후대 예술가들의 손끝에서 역동적으로 흐르고 있다. 세잔의 형태 분석과 단순화는 피카소의 입체주의로 이어졌고, 그의 색채와 구도는 마티스의 야수주의를 꽃피웠다. 위대한 예술가의 무덤 앞에서, 그가 남긴 불멸의 유산을 되새기며 묵묵히 경의를 표했다."

PROVENCE

● *Aix-en-Provence*

29. | 엑상프로방스
크리스마스 아침, 세잔의 무덤에서

Aix-en-Provence

엑상프로방스(*Aix-en-Provence*), 폴 세잔이 잠든 곳

엑상프로방스(Aix-en-Provence), 연인

엑상프로방스(*Aix-en-Provence*), 거리 풍경

기원전 123년, 고대 로마인들은 프로방스 지역에 '온천 *Aix*' 도시, 엑상프로방스*Aix-en-Provence*를 세웠다. 이곳 온천수는 치유 효과가 뛰어나 치료와 휴식을 위한 온천 시설들이 많이 지어졌다. 오늘날에도 엑상프로방스의 일부 지역에서는 여전히 자연 온천수가 땅에서 솟아 나온다. 특히 미라보 거리*Cours Mirabeau*의 무스 분수*Fontaine Moussue*에서는 섭씨 18도의 온천수가 쉼 없이 흐르고 있다.

엑상프로방스 시내에 위치한 테르미 섹스티우스*Thermes Sextius*는 고대 유산과 현대적 감각이 조화를 이루는 특별한 온천 시설이다. 엑상프로방스를 세운 로마 장군 섹스티우스 칼비누스*Sextius Calvinus*의 이름에서 유래한 이 온천은 오랜 세월 동안 지역의 역사와 문화를 함께해 왔다. 테르미 섹스티우스의 온천수는 생트빅투아르산 깊은 곳에서 흘러나온 광천수로, 석회탄산수소염이 풍부해 피부를 재생시키고 몸과 마음의 피로를 풀어주는 효과가 뛰어난 것으로 알려져 있다. 고대 로마 유적과 현대 스파 기술이 어우러진 이곳은 오늘날에도 웰니스의 성지로 많은 이들의 사랑을 받고 있다.

엑상프로방스는 도시 곳곳에 자리한 천여 개의 분수로 유명하다. 마치 보물찾기를 하듯, 광장과 교차로는 물론이고 작은 골목이나 숨겨진 공간에서도 분수를 발견할 수 있다. 이 분수들은 로마 시대에는 물 공급을 위한 실용적인 목적으로 사용되었지만, 세월이 흐르며 도시를 아름답게 꾸며주는 장식 예술품으로 변모해 왔다. 그중에서도 1860년에 세워진 로통드 분수*Fontaine de la Rotonde*는 엑상프로방스의 대표적인 랜드마크로, 이 도시의 매력을 상징하는 중요한 존재로 자리 잡았다.

446

엑상프로방스(*Aix-en-Provence*), 시청 앞 카페

엑상프로방스(*Aix-en-Provence*), 꽃다발

아몬드와 멜론, 오렌지를 넣어 만든 달콤한 간식, 칼리송*Calisson*은 엑상프로방스에서 처음 만들어졌다. 이 과자의 기원은 중세로 거슬러 올라간다. 1454년, 프로방스의 왕 르네*Roi René*는 나폴리의 여왕 조반나*Johanna*와 결혼식을 올렸다. 당시 우울한 성격으로 알려진 조반나를 위해 왕실 요리사가 특별한 과자를 만들었는데, 이 과자는 그녀에게 미소를 되찾아주었다. 사람들은 이 과자를 '칼리송'이라 부르기 시작했는데, 이는 '작은 미소'를 뜻하는 중세 이탈리아어 '칼리소네*Calisone*'에서 유래된 이름이다.

칼리송을 만드는 과정은 섬세한 손길이 요구되는 종합예술이다. 먼저 아몬드를 곱게 갈아 설탕과 섞어 부드러운 반죽을 만든다. 여기에 설탕에 절인 멜론과 오렌지 껍질을 더해 달콤하면서 상큼한 풍미를 완성한다. 이렇게 만든 반죽을 얇게 밀어 웨이퍼 위에 얹고 다이아몬드 모양으로 잘라 낸다. 그 위에 설탕 아이싱을 얇게 발라 매끄럽고 빛나는 표면을 만든 뒤, 오븐에 살짝 굽거나 자연스럽게 건조시킨다.

크리스마스의 따스한 분위기 속에서, 하얀 아이싱으로 덮인 칼리송은 달콤한 행복을 더해 주는 특별한 간식이다. 칼리송을 한 입 베어 물면, 아몬드의 고소함, 멜론의 달콤함, 그리고 오렌지의 상큼함이 어우러져 완벽한 조화를 이루며 입안 가득 퍼진다.

엑상프로방스(*Aix-en-Provence*),
칼리송 가게(*La Cure Gourmande*)

엑상프로방스(Aix-en-Provence), 그리움

엑상프로방스(*Aix-en-Provence*), 만남

엑상프로방스(*Aix-en-Provence*), 외면

엑상프로방스(*Aix-en-Provence*), 폴 세잔 아틀리에(*Atelier de Cézanne*)

엑상프로방스(*Aix-en-Provence*), 폴 세잔 생가(*Maison Natale de Cézanne*)

엑상프로방스를 대표하는 진정한 아이콘은 단연 폴 세잔 *Paul Cézanne*이 아닐까? 엑상프로방스의 자연 경관은 색채, 형태, 그리고 빛의 상호작용을 끊임없이 탐구했던 세잔의 실험장이 되었다. 특히 그는 생트빅투아르산*Montagne Sainte-Victoire*을 수없이 화폭에 담으며, 고향에 대한 깊은 애정과 탐구심을 작품에 고스란히 드러냈다. 그의 작품들은 후기 인상주의의 기반을 다지며 현대 미술의 새로운 길을 열었다.

1839년, 세잔은 엑상프로방스의 오페라 거리*Rue de l'Opéra* 28번지에서 태어났다. 은행가였던 그의 아버지는 경제적으로 안정된 환경을 제공하며, 세잔이 예술에 전념할 수 있는 기반을 만들어 주었다. 비록 그는 한때 파리에서 법학을 공부하기도 했지만, 어린 시절 친구였던 에밀 졸라*Émile Zola*의 영향을 받아 화가의 길로 들어서게 되었다.

1861년, 세잔은 파리로 이주하여 아카데미 쉬스*Académie Suisse*에서 그림을 공부했다. 그곳에서 그는 클로드 모네 *Claude Monet*, 카미유 피사로*Camille Pissarro*, 오귀스트 르누아르*Auguste Renoir* 등 인상주의 화가들과 교류하며 예술적 시각을 넓혔다. 비록 세잔은 인상주의 운동과 가까운 관계를 맺었지만, 그들의 순간적인 표현 방식보다는 구조적인 형태 분석에 몰두했다. 그는 자연을 단순히 인상적으로 묘사하는 것을 넘어, 구조적이고 형태적인 방식으로 재구성하고자 했다.

오늘날 엑상프로방스는 폴 세잔의 예술혼을 온전히 느낄 수 있는 도시다. 세잔의 저택과 작업실, 빅투아르산을 그리던 테렝데팡트르*Terrain des Peintres*, 그리고 그라네 미술관*Musée Granet*까지 그의 흔적이 곳곳에 잘 보존되어 있다. 세잔이 사색하던 길을 따라 걷다 보면, 시간의 흐름이 엇갈리며 과거와 현재가 한데 어우러지는 듯하다. 회색빛 돌길과 세월의 흔적을 간직한 고풍스러운 건물들이 현대적인 요소와 조화를 이루고 있다.

《목욕하는 사람들(*Les Baigneuses*), 1895》

《풍경을 그리는 세잔(*Cézanne sur le motif*), 1906》,
모리스 드니(*Maurice Denis*)

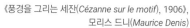

폴 세잔은 철학적 깊이가 남다른 예술가였다. 그의 붓끝에 담긴 빅투아르산은 단순한 풍경을 넘어, 시간과 공간을 초월한 엑상프로방스의 상징으로 거듭났다. 20년이 넘는 세월 동안 그는 이 산을 끊임없이 관찰하며, 다양한 각도와 시점으로 화폭에 담았다. 세잔은 빅투아르산을 주제로 유화 30여 점과 수채화 40여 점을 남기며, 자연을 바라보는 독창적인 시각을 예술로 승화시켰다.

세잔의 작품 속 빅투아르산은 매번 다른 모습을 띠었다. 그에게 산은 단순히 고정된 형상이 아니라, 시각적 탐구에 따라 끊임없이 변화하는 존재였다. 그는 빅투아르산을 전통적인 원뿔 형태로 그리지 않고, 역동적이고 불규칙한 삼각 형상으로 표현했다. 이는 자연의 본질적인 변화와 다양한 관점을 탐구하려 했던 그의 예술 세계를 잘 보여 준다.

세잔은 빅투아르산을 독립된 대상이 아니라, 주변 자연과 조화롭게 얽힌 존재로 보았다. 그는 산 아래 펼쳐진 대지의 질감과 색채를 세심하게 주목하며, 산과 주변 풍경이 서로에게 흡수되고 공존하는 모습을 포착하려 했다. 그는 빅투아르산과 자연이 하나로 어우러진 유기적 관계를 그려 내며, 이들 사이의 미묘한 균형을 탐구했다.

또한, 세잔은 빅투아르산을 통해 색채가 어떻게 형태와 질감을 만들어 내는지 끊임없이 실험했다. 그는 자연의 변화무쌍한 모습을 관찰하며, 그 안에 담긴 조화와 충돌을 화폭에 담았다. 그의 작품 속 빅투아르산은 날씨와 빛의 변화에 따라 어느 날은 차분한 회색을, 어떤 날은 따뜻한 붉은색을, 때로는 차가운 푸른색을 띠며 다채로운 감정을 자아냈다.

엑상프로방스(Aix-en-Provence), 로통드 분수(Fontaine de la Rotonde) 낮 풍경

엑상프로방스(Aix-en-Provence), 로통드 분수(Fontaine de la Rotonde) 밤 풍경

엑상프로방스(*Aix-en-Provence*),
크리스마스 마켓

엑상프로방스(*Aix-en-Provence*),
레옹나르디캔디(*Léonard Candies*), 코숑누아르(*Cochon Noir*)

크리스마스 이브, 미라보 거리*Cours Mirabeau*는 마법 같은 빛으로 가득 차 있다. 수천 개의 작은 등불이 밤하늘을 수놓고, 빛의 장막이 도시를 감싸며 거리를 따라 흐른다. 크리스마스 마켓의 불빛 아래, 사람들은 가벼운 웃음을 나누며 손을 맞잡고 분주히 걸어간다. 거리마다 울려 퍼지는 캐럴은 겨울밤을 따스하게 감싸 안으며, 크리스마스 분위기를 더욱 포근하게 채운다.

나무로 만든 크리스마스 마켓 부스에서는 상인들이 활기찬 목소리로 손님들을 반갑게 맞이한다. 크리스마스를 주제로 한 다양한 수제 제품과 맛있는 먹거리들이 정성스럽게 진열되어 있다. 연노란 조명 아래, 레옹나르디 캔디*Léonard Candies*가 달콤하게 반짝이고, 현지에서 명성을 자랑하는 이베리코 하몽*Jamon Iberico*은 지나가는 손님들의 발걸음을 자연스럽게 멈추게 한다.

물건을 고르는 사람들의 눈빛에는 호기심과 즐거움이 가득하다. 크리스마스 마켓의 풍요로운 분위기 속에서, 사람들은 사랑하는 이들을 위한 선물을 찾으며 잔잔한 행복에 젖어든다. 미라보 거리의 겨울밤은 따스한 불빛과 사람들의 웃음소리로 가득 차, 그 자체로 낭만적인 축제가 된다.

엑상프로방스(*Aix-en-Provence*),
프레셰르 분수(*Fontaine des Prêcheurs*)

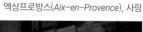

엑상프로방스(*Aix-en-Provence*), 사랑

엑상프로방스(*Aix-en-Provence*), 냉담

엑상프로방스(*Aix-en-Provence*), 노부부

요즘 미술계는 다시금 '자연'을 주목하고 있다. 자연은 본질적인 아름다움을 간직할 뿐만 아니라, 그 존재만으로도 우리에게 깊은 평온을 선사한다. 폴 세잔이 평생을 바쳐 관찰하며 화폭에 담아낸 자연의 순간들은 지금도 엑상프로방스 곳곳에 생생히 살아 있다. 특히 그가 사랑했던 빅투아르산은 차가운 겨울 햇살 아래 마치 단단한 조각처럼 우뚝 서 있으며, 빛과 시간의 흐름에 따라 끊임없이 변화하는 미묘한 아름다움을 드러낸다.

"대상을 마주한 채 *sur le motif* 죽고 싶다"고 말한 세잔의 일화는 그의 결연한 예술적 태도를 상징한다. 이는 마지막 순간까지 예술과 자연, 그리고 대상을 직시하겠다는 그의 굳은 다짐이었으며, 실제로 그의 바람은 이루어졌다. 1906년, 세잔은 평생을 애착했던 빅투아르산을 그리던 중 갑작스러운 폭우를 만나 쓰러졌다.

세잔이 바라던 대로, 그의 삶은 대자연을 직접 마주한 자리에서 끝을 맺었다. 마지막 순간마저도 예술 여정의 한 부분이었나 보다. 그에게 그림은 단순한 표현 도구가 아니라, 삶 그 자체였다. 세잔의 붓이 멈춘 마지막 순간조차 자연과 예술이 하나로 만나는 시간이었으며, 이는 그가 평생을 바쳐 탐구해 온 삶의 본질이 완성되는 순간이었다

크리스마스 아침, 나는 폴 세잔의 무덤 앞에 홀로 서 있다. 묘비 너머로 빅투아르산의 실루엣이 아침 햇살을 받아 선명하게 드러난다. 그의 작품 속에서 생동감을 품었던 자연의 색채처럼, 빅투아르산은 차가운 회색과 따스한 황금색이 어우러지며 서서히 생명을 띤다. 생의 마지막 순간까지 자연을 마주했던 세잔은, 이곳에서도 자연과 하나가 된 듯 고요히 잠들어 있다. 위대한 예술가의 삶을 돌아보며, 마지막 여정이 기다리는 마르세유 *Marseille*로 발길을 돌린다.

엑상프로방스(Aix-en-Provence), 그라움

"해질 무렵, 마르세유*Marseille* 옛 항구*Vieux Port* 부둣가를 거닐고 있다. 오래된 선창에는 짙게 밴 나무 향이 은은하게 감돌고, 잔잔한 바닷물이 철썩이며 부드럽게 밀려온다. 서쪽 하늘은 오렌지빛과 보랏빛으로 서서히 물들어 가고, 마지막 남은 겨울 햇살이 노트르담 대성당을 따스하게 비춘다. 바다와 하늘, 그리고 마르세유의 하루가 차분히 저물어 간다. 프로방스의 겨울과 함께."

30. | 마르세유 *Marseille*에서
프로방스의 겨울이 저물다

Marseille

마르세유(*Marseille*),
노트르담 대성당(*Basilique Notre-Dame de la Garde*)

마르세유(*Marseille*), 도시 풍경

마르세유(*Marseille*), 샤토디프(*Château d'If*)

마르세유(*Marseille*), 남쪽 바다

노트르담 대성당*Basilique Notre-Dame* 꼭대기에 오르면 마르세유*Marseille*는 전혀 다른 모습으로 다가온다. 시선은 끝없이 펼쳐진 푸른 지중해로 이어지고, 바다 위에 떠 있는 샤토디프*Château d'If*가 시선을 사로잡는다. 16세기에 군사 요새로 세워져 지중해를 굽어보던 이곳은, 이후 정치범과 종교적 소수자를 가두는 감옥으로 바뀌었다. 죄수들의 고통과 비밀을 품고 어둠 속에 잠들어 있던 이 요새는 알렉상드르 뒤마*Alexandre Dumas*의 소설 《몬테크리스토 백작》을 통해 다시금 세상의 주목을 받게 되었다.

카메라를 들고 마르세유의 숨결을 담는다. 도심을 가득 채운 건물들이 정교한 계단처럼 층층이 이어져 있고, 저 멀리 보이는 마르세유 대성당*Cathédrale La Major*과 붉은 지붕 집들은 서로 어우러져 조화를 이루고 있다. 바다로 향하는 길목에는 포르생장*Fort Saint-Jean*이 도시를 지키는 수호자처럼 우뚝 서 있고, 햇살을 받아 우아하게 빛나는 파로 궁전*Palais du Pharo*의 실루엣이 인상적이다.

남쪽으로 시선을 돌리면 레구드*Les Goudes* 마을과 함께 펼쳐진 끝없는 바다와 작은 섬들이 눈에 들어온다. 무심히 떠 있는 섬들에도 수많은 이야기가 숨어 있겠지. 드라마틱한 바위 절벽과 맑고 푸른 바다로 둘러싸인 이 마을에, 언덕을 따라 자리한 작은 집들과 나무들이 더해져 고요한 바닷가 풍경을 완성한다. 마르세유의 역사가 숨 쉬는 이곳에서, 도시와 바다가 들려주는 오래된 겨울 이야기를 조용히 받아 적는다.

마르세유 거리를 걷다 보면 독특한 건축물들이 곳곳에서 눈에 들어온다. 유럽과 지중해 문명을 담은 박물관, 무셈 *MuCEM*은 마르세유가 2013년 유럽 문화 수도로 선정된 것을 기념하여 세워졌다. 현대적인 패턴으로 짜인 건물 외벽은 햇살이 스며들 때마다 빛과 그림자가 교차하며 독특하고 인상적인 장면을 연출한다. 모던한 느낌을 주는 무셈은 17세기에 세워진 요새 포르생장과 철근 다리로 이어져 있다. 이 다리는 시간의 흐름을 잇는 상징적인 통로처럼, 과거와 현재를 연결하여 박물관의 설립 취지를 자연스럽게 드러낸다.

마르세유(*Marseille*)의 피에르 플랑

카세리 거리*Rue Caisserie*를 따라 마르세유 시청*Ville de Marseille*으로 걸어간다. 시청 옆에는 마르세유에서 가장 오래된 건축물 중 하나인 16세기 르네상스 양식의 고풍스런 건물이 자리하고 있다. 외벽을 장식한 다이아몬드 모양의 돌 덕분에 '다이아몬드 하우스*Maison Diamantée*'라 불리는 이 건물은 그 정교한 아름다움으로 지나가는 이들의 발걸음을 멈추게 한다.

다이아몬드 하우스를 지나 항구 쪽으로 발걸음을 옮기면, 거대한 올리브 화분들이 늘어선 공원이 눈앞에 펼쳐진다. 화분들 사이에 서서 올리브 나무를 올려다보면, 마치 《걸리버 여행기》 속 소인국 사람이 된 듯한 기분이 느껴진다. 여행으로 지쳐 있던 나를 자연스레 미소 짓게 만든, 마르세유에서 만난 가장 인상적인 장면 중 하나이다. 올리브 잎새 사이로 스며드는 햇살이 부드러운 손길처럼 내 마음을 포근하게 감싸안는다.

마르세유(*Marseille*), 무셈(*MuCEM*)

마르세유(*Marseille*), 카세리 거리(*Rue Caisserie*)

마르세유(Marseille), 다이아몬드 하우스(Maison Diamantée)

마르세유(Marseille), 겨울 색채

고요한 항구, 바다의 숨결,
도시의 오래된 이야기를
바람에 실어, 물결에 실어,
고요히 속삭인다

마르세유(Marseille), 옛 항구(Vieux Port)

마르세유(*Marseille*), 소녀 예수

크리스마스가 하루 지난 마르세유의 항구 광장, 이곳에서는 또 다른 기적이 펼쳐지고 있다. 바람을 타고 흩날리는 수많은 비눗방울 속에서, 아이들이 환호성을 지르며 하늘을 향해 손을 뻗는다. 무지갯 빛으로 반짝이는 비눗방울은 크리스마스의 마지막 선물처럼 아이들에게 기쁨을 선사한다. 비눗방울 이 터질 때마다 아이들의 웃음소리는 폭죽처럼 커져만 간다.

녹색 옷을 입은 한 소년이 두 팔을 활짝 펼치고 서 있다. 그 모습은 마치 예수가 광장 한가운데에 서서 모든 이들에게 축복을 내리는 듯하다. 소년의 손끝에서 비눗방울이 마법처럼 솟아오르고, 그를 둘러 싼 아이들은 떠들썩한 춤을 추며 기쁨을 만끽한다. 이 순간, 마르세유의 항구 광장은 하늘의 축복이 깃든 성스러운 공간이 된다.

나에게 사진을 가르쳐준 두 명의 선생님이 떠오른다. 한 분은 "감동이 오기 전에 셔터를 누르지 마라" 며 피사체와의 깊은 교감을 강조했던 신미식 작가님이다. 신미식 작가님은 전 세계를 다니며 다양한 문화와 사람들을 사진에 담아내는, 따뜻한 시선으로 세상을 기록하는 작업을 이어 오고 있다. 그리고 다른 한 분은 마르세유에서 만난 '울라 레이머*Ulla Reimer*'다.

마르세유(Marseille), 가족

울라 레이머Ulla Reimer는 40년 넘게 활동해 온 세계적인 사진작가로, 특히 인물과 건축 사진을 활용한 미장센Mise-en-scène 작업으로 널리 알려져 있다. 과거 칸 영화제에서 사진작가로 활동하며 소피아 로렌, 해리슨 포드, 로버트 드니로, 알랭 들롱 등 유명 인사들의 초상 사진을 촬영하며 큰 명성을 얻었다. 그녀의 작업은 점차 미니멀리즘과 초현실주의로 발전했으며, 최근에는 아날로그와 디지털을 넘나드는 독창적인 작품들로 예술적 경계를 끊임없이 확장하고 있다.

화려한 이력을 가진 그녀지만, 내게 울라 레이머는 언제나 위트 넘치는 '울라쌤'이다. 《마다가스카르Madagascar》 사진전을 열며 작가로 데뷔했던 2016년에, 울라쌤의 사진 워크숍에 처음 참여했다. 그녀는 사진 작업이란 단순히 대상을 기록하는 것이 아니라, '창의적인 시선'과 '재미'를 담아내는 예술임을 일깨워 주었다. 그녀의 가르침은 언제나 자유로운 발상과 유쾌함으로 가득 차 있었고, 덕분에 사진을 바라보는 새로운 시각을 갖게 되었다.

울라 레이머는 한국에 대한 애정이 남다르다. 마르세유와 서울을 오가며 사진 작업을 이어 가는 그녀는 두 도시의 매력을 독창적인 시선으로 담아내고 있다. 코로나 팬데믹으로 인해 무려 5년 만에 다시 만난 울라쌤은, 변함없는 미소로 나를 반겨주었다. 반나절 동안 그녀는 마르세유 곳곳을 세심하게 안내하며, 오랜 친구처럼 이 도시의 숨은 이야기를 들려주었다.

마르세유(Marseille), 소식

마르세유(Marseille), 바다

울라쌤은 마르세유에 아무도 방해하지 않는, 그녀만의 바다 수영장이 있다며 자랑스럽게 이야기하곤 했다. 바로 오늘, 그 바다 수영장에 그녀와 함께 왔다. 울라쌤은 방파제 이쪽 끝에서 저쪽 끝까지 오가며 한 시간 동안 바다 수영을 즐긴다고 우쭐댄다. 지금도 가능한지 묻자, 그녀는 웃으며 추운 겨울은 예외라고 말끝을 흐린다. 우리는 시간 가는 줄 모르고 웃고 떠들며 즐거운 한때를 보냈다. 아쉬운 작별 인사를 나누고 서울에서 다시 만날 것을 기약했다.

마르세유의 석양은 참으로 아름답다. 바다와 하늘이 맞닿은 수평선에서 오묘한 빛이 피어오른다. 겨울 태양이 지중해 너머로 서서히 저물자, 마르세유의 바다는 황금빛으로 물들며 붉은 여운을 남긴다. 잠시 후, 잔잔한 물결 위로 붉은 빛이 산산이 흩어지고, 마르세유는 평온함 속에 깊이 잠든다.

루르마랭에서 시작한 여정은 마르세유에서 마무리되었다. 사진 작업을 마칠 무렵, '쓸쓸한 행복'을 느끼며 묘한 감정에 사로잡혔다. 크리스마스 시즌에 행복해 보이는 사람들을 사진에 담는 일이 외로웠던 걸까? 아니면 여행하는 동안 자주 들었던 알렉산더*Alexander* 23와 라우피*Laufey*의 크리스마스 감성 발라드 《Ain't Christmas》의 영향이었을까? 이 노래는 크리스마스의 기쁨이 이별로 인해 오히려 더 고통스럽게 느껴지는 모습을 담고 있다.

크리스마스 시즌에 홀로 했던 사진 작업은 한겨울의 낙엽처럼 쓸쓸한 일이다. 아름답게 빛나는 크리스마스 트리도, 따뜻한 뱅쇼를 팔던 거리도 혼자 서 있기에는 너무 넓어 그리움만 깊어졌다. 마르세유 공항으로 향한다. 마르세유에서 '프로방스의 겨울'이 서서히 저물어 간다. 이제 북한강 작은 땅으로 돌아가 카페발랑솔*Cafe Valensole*을 만드는 일에 전념하려 한다.

마르세유(Marseille), MARSEILLE

EPILOGUE.

카페발랑솔 *Cafe Valensole*을 그리다

나는 꿈을 채색하는 화가다. 꿈을 그리는 한, 내 인생은 한여름의 절정에 머문다. 그 여름의 한복판에는 내가 만들어 갈 카페발랑솔 *Cafe Valensole*이 있으며, 그곳에는 황금빛 꿈이 숨겨져 있다.

수년 전, 북한강이 흐르는 어느 작은 땅에 매료되어 그곳에 카페를 세우기로 마음먹었다. 카페에 어울리는 이름을 찾고자 이곳 프로방스 땅을 처음 밟았다. 고흐의 흔적을 따라 아를의 론강을 찾아갔지만, 도심을 가로지르는 강은 내 마음을 채우지 못했다. 그러다 라벤더가 만개한 발랑솔 평원에 이르러서야 비로소 감동의 물결이 나를 감싸 안았다.

7월 초, 발랑솔 평원은 크림색 여름 태양을 머금은 황금빛 밀밭이 부드럽게 물결치고, 연보랏빛 라벤더가 여유로운 향기를 선사한다. 빈티지 느낌의 바랜 은빛 컬러로 반짝이는 올리브 나무에서는 건강한 기운이 느껴진다. 밀밭의 부드러운 크림색, 라벤더의 은은한 연보라색, 올리브 나무의 은청색이 조화를 이루는 이곳에서 카페발랑솔 *Cafe Valensole*의 시그니처 컬러들을 만났다.

북한강이 잔잔히 흐르는, 남양주시 화도읍 북한강로 1190번지. 부드러운 남녘 햇살이 스며드는 평온한 길 '화도 和道'와 북한강 푸른 물길이 나란히 흐르는 곳에 라벤더 카페를 세우기로 했다. 청록빛 강물이 문안산의 품에 안겨 고요히 흐르는 이 작은 땅은, 그 자체로도 충분히 아름다워 '발랑솔 *Valensole*'이라는 이름을 가질 자격이 있다.

따스한 햇살 아래 향기로운 바람과 비옥한 흙이 살아 숨 쉬는 발랑솔 평원의 감성을 담아, 담백한 빵과 고소한 커피를 선사할 안식의 공간을 만들고 있다. 영국 리버풀 대학 *Liverpool University* 건축학과 교수였던, 쇼그스튜디오 *Shog Studio* 오웬 구윈 휴즈 *Owen Gwyn Hughes*와 이상희 작가님이 건축 설계와 인테리어 디자인을 맡아 주셨고, 하우징스토리 정인봉 대표님이 건축 시공을 담당하여 헌신해 주셨다.

이곳은 라벤더의 평온한 여유와 올리브의 건강한 생명력이 어우러져, 다정하면서도 품격 있는 공간이 될 것이다. 카페발랑솔 *Cafe Valensole* 브랜드와 남프랑스 포토에서 이에 영감을 주신 푸드 디렉터, 원스키친 *One's Kitchen* 김혜원 대표님이 카페 운영과 메뉴 레시피를 기획해 주셨다.

카페발랑솔(Cafe Valensole), 어느 겨울날에

남프랑스의 작은 마을 발랑솔에서 느꼈던 감성을 카페발랑솔Cafe Valensole에 고스란히 담고 싶다. 발랑솔의 빛과 향기, 그리고 마음 깊이 스며든 여운까지, 이곳을 찾는 이들이 그 모든 감성을 온전히 느낄 수 있기를 소망한다.

2025년 벚꽃이 필 무렵에, 발랑솔의 꽃향기를 머금은 카페와 프로방스의 순간을 담은 아트 갤러리가 마침내 세상에 모습을 드러낼 것이다.

"남프랑스 감성을 담은 북한강 라벤더 카페,
카페발랑솔Cafe Valensole"

Instagram: @cafe.valensole
남양주시 화도읍 북한강로 1190, 카페발랑솔

프로방스에서는 멈춰도 괜찮아

남프랑스 30개 마을 사계절 포토에세이

저 자 ㅣ 김범
발행인 ㅣ 장상원
편집인 ㅣ 이명원

초판 1쇄 ㅣ 2025년 2월 4일

발행처 ㅣ (주)비앤씨월드 출판등록 1994.1.21 제 16-818호
주소 ㅣ 서울특별시 강남구 선릉로 132길 3-6 서원빌딩 3층
전화 ㅣ (02)547-5233   팩스 ㅣ (02)549-5235   홈페이지 ㅣ http://bncworld.co.kr
블로그 ㅣ http://blog.naver.com/bncbookcafe   인스타그램 ㅣ @bncworld_books
ISBN ㅣ 979-11-86519-94-3   03810